天地外國經典文庫

The Old Man and the Sea
老人與海

[美] 歐內斯特 · 海明威 著
Ernest Hemingway

李育超 譯

總序

香港是中西文化薈萃之地，文化以多元為主要特徵；人們讀的，既有四書五經、唐詩宋詞、胡適陳寅恪，也有聖經和莎士比亞、培根和狄更斯。香港文化發展史的重要內容是文化交流史。所謂文化交流，就是研究和介紹由外國先進思想衍生的普世價值，以及各國的優秀文學作品，作為發展本地文化的借鑒。用著名學者錢鍾書先生的話來說，就是「東海西海，心理攸同；南學北學，道術未裂。」[1] 翻譯家傅雷先生在〈翻譯經驗點滴〉一文中說：「中國人的思想方式和西方人的距離多麼遠。他們喜歡抽象，長於分析；我們喜歡具體，長於綜合。」[2] 可見，同為人類，中國人和西方人「心理攸同」；作為不同人種，他們的思維方式各有短長。香港各大學設英國語言文學系、翻譯系、比較文學系，文學院有歐洲和日本研究專業，目的就在於此。在這方面，香港有着足以驕人的成就。

茲舉一例。有學者考證，俄國大作家列夫·托爾斯泰作品最早的中譯本《托氏宗教小說》就是香港禮賢會出版的（時在清光緒三十三年即一九零七年），以此為嚆矢，托翁的著作以後呈扇形輻射到全國各地，被大量迻譯成中文出版，對我國文學界和思想界產生了深遠的影響。[3]

再舉一例，上世紀六、七十年代，香港今日世界出版社聘請了多位著名翻譯家、作家和詩人，如張愛玲、劉以鬯、林以亮、湯新楣、董橋、余光中等，迻譯了一批美國文學名著，其中包括《老人與海》、《湖濱散記》、《人間樂園》、《美國詩選》等書，到九十年代，這批書籍已成為名譯，由內地出版社重新印行，對後生學子可謂深致裨益。

為了持久延續這種交流，我們與相關專家會商斟酌，擬訂了引進「外國經典文庫」的計劃，盡可能蒐集資深翻譯家中譯外國文化（包括文學、哲學、思想、人文科學）經典的新舊版本，選粹付梓，給廣大讀者提供閱讀和研究參考的方便。

所謂經典，即傳統的權威性著作。它們古今俱備，題材多樣，以恢宏、深刻、精警見稱，在文學史、哲學史、思想史上具有崇高地位，迥異於坊間流行的通俗讀物。先期分批推出的二十種名著，簡述如下：

希臘哲學家柏拉圖的《對話集》，既是哲學名著，也在美學領域佔有重要地位，開了散文史上論辯文學的先河。

《莎士比亞十四行詩集》是西洋詩歌史上最深宏博大的十四行詩集。

愛爾蘭小說家喬伊斯短篇集《都柏林人》，由傳統走向革新。這位二十世紀最重要的作家之一，以其代表作、意識流長篇《尤利西斯》奠定了現代派文學的基礎。

英國女作家伍爾夫是運用「意識流」手法進行小說創作的先驅。她的長篇小說《到燈塔去》，以描寫人物內心世界見長，語言富有詩意。

勞倫斯是上世紀最具爭議的英國小說和散文家。他畢生以四海為家，著名的意大利遊記選《漂泊的異鄉人》，對當地風土人情的描寫繪影繪色，《不列顛百科全書》盛讚為具有「畫的描繪、詩的抒情、哲理的沉思」。

英國小說家赫胥黎的長篇《美麗新世界》，與奧威爾的《一九八四》、俄國作家扎米亞金的《我們》，被譽為文學史上三部最有名的反烏托邦小說。

奧威爾的《動物農場》與《一九八四》同為寓言體諷刺小說名著，在現代外國文學史上迄今仍享有盛名。

英國小說家毛姆的長篇《月亮和六便士》，以法國印象派畫家高庚為人物原型，刻劃的角色人情練達，冰雪聰明，筆致輕鬆流麗，幽默感人。他的另一小說《面紗》，雖非代表作，卻是以香港為背景的經典，而且二零零七年經荷里活改編為電影（譯名《愛在遙遠的附近》），頗值得注意。

小說家歐·亨利的《最後一片葉子》是膾炙人口的短篇集，作者堅持傳統寫作手法，享有「美國短篇小說創始人」之譽。

美國作家海明威的中篇小說《老人與海》，因「精通敍事藝術以及對當代風格的有力影響」榮膺一九五四年諾貝爾文學獎。他上世紀長居巴黎時構思的特寫集《流動的盛宴》，體裁略有不同，表現了含蓄凝練、搖曳生姿的散文風格。

法國存在主義小說《鼠疫》和《局外人》，冶文學和哲理於一爐。作者加繆與同為存在主義作家的薩特齊名，是一九五七年諾貝爾文學獎得主。

意大利作家亞米契斯的兒童文學作品《愛的教育》，早年由民初作家夏丏尊從日譯轉譯為中文，是當時傳誦一時的日記體文學作品；夏氏是我國新文學的優秀散文家，譯文暢達，此書初版迄今，在兩岸三地屢屢重版。

作為西方現代派文學鼻祖，奧國作家卡夫卡的小說《變形記》，荒誕離奇，寓意深刻，揭示了社會中的各種異化現象。

風格大不相同的兩位日本作家的作品：被譽為「日本毀滅型私小說家」代表人

物太宰治的《人間失格（附〈女生徒〉）》；與川端康成、谷崎潤一郎等唯美派大家齊名的永井荷風的散文集《荷風細雨》入列，為文庫增添了東方文學的獨特風采。《泰戈爾散文詩選集》雖然詩制精悍短小，但給予中國早期新詩的影響，我們卻可以從胡適、徐志摩、冰心等人的小詩中窺見它的痕跡。

考慮到歷史、語言和讀者熟悉與接受程度等原因，以上品種還較集中於英美日經典，其他如古希臘羅馬、印度、德、法、意、西班牙、俄羅斯乃至別的亞洲、非洲、拉丁美洲國家的精品尚待增補。我們希望書種得以逐年擴大，使「文庫」成為一套覆蓋寬廣、姿彩紛呈的外國文學寶庫，更有力地促進本地文化與世界各國優秀文化的廣泛互動，加速新時期本地文化的向前發展。

末了，對於迻譯各書的專家和結合本地實際撰寫導讀的學者，謹此表示由衷謝忱。

天地外國經典文庫編輯委員會

二零二一年一月二十日修訂

註釋：

[1]《談藝錄·序》，中華書局（香港）有限公司，一九八六年版。

[2]《傅雷談翻譯》第八頁，當代世界出版社，二零零六年九月。

[3] 戈寶權〈托爾斯泰和中國〉，載《托爾斯泰研究論文集》，上海譯文出版社，一九八三年版。

目錄

導讀

孤獨老人背後的超凡意志

海洋，往往給人神秘、深不可測的感覺，那接連起伏的浪不斷來回拍打岸邊，濺起的浪花喚醒人的好奇心，不禁貪婪猜想海底深邃的神秘世界。正如你眼前遇見一位望海的老人，他瘦而憔悴，頸後及額上刻有深的皺紋，風正吹起他稀疏的頭髮，你見他除了望海便了無反應，猶如一尊多年受風雨侵蝕的石像，你情不自禁地想從他的皺紋，猜想他的人生經歷和成就。

一九五二年，歐內斯特．海明威（下簡稱海明威）完成他生前發表的最後一部小說《老人與海》，講述一個名叫聖地亞哥的老人（下簡稱老人）獨自出海捕魚的故事。他在海上獨自面對馬林魚的挑釁以及群鯊的襲擊。三天三夜的旅程，老人未能保住那捕獲的龐大馬林魚，登岸時只帶回群鯊爭噬剩下的一個魚頭、一條魚尾巴和一串魚脊骨。回到家裏，他沒有悲，也沒有喜，只是靜靜地跟支持他的幼童對話，然後睡去，夢見久違的獅子。

海明威的寫作特長在於能夠細緻刻劃人物的行為和內心世界，故事中老人跟小孩告別後便開始在海上獨處，老人的心情由最初期待捕魚的雀躍，到靜待馬林魚死去前的擔憂，以至回程時與群鯊搏鬥所感到的徬徨，顯得起伏跌宕。海明威除了用生動的意象描繪當中的情景，更用周遭的環境刻畫以及將那些動物人性化，烘托出了老人以上種種矛盾的複雜心情。

表面上，老人獨自面對海上所發生的一切，但誠如過程中他的領悟：一個人在海裏是永遠不會感到孤獨的，他是為打魚而生的，海是他的家，船是他的床，魚是他的朋友。然而，無他人的相伴，這剎那的領悟恍如在寒冬喝一口熱咖啡，暫緩了身體的痛楚，但難以消除心靈的不安。馬林魚瞬間從朋友變成敵人，船成了他的負累，海是葬身的墓，他不禁質疑自己打魚的意義。雖然故事中老人說出我們耳熟能詳的名句：「一個男子漢可以被消滅，但不可以被打敗。」但當他甚麼也沒有帶回來時，他對幼童說自己是徹徹底底被打敗了。小說沒有道出老人的成敗，也沒有安放道德價值觀去討論老人成敗的重要性，反藉着老人與馬林魚的互相試探，以及他搏鬥時的矛盾心情，帶出意志對一個人生命的重要性。

這種帶有象徵意味的含義幾乎毫不着跡，且是海明威的寫作特色。他有名的冰山理論說，文學創作只呈現冰山露出海面上那八分之一的部份，其餘的部份靠讀者的聯想力去想像。這留白的寫作風格讓讀者享受小說故事的懸疑性，並在獲得樂趣後反思小說的中心思想，猶如喝意式咖啡的那層油脂，回味無窮。

而小說中幼童的人物設定意在不斷重燃老人的意志。幼童沒有伴隨老人出海捕魚，只是在小說的開首與結尾出現在老人的身邊，他默默支持並鼓勵老人，沒有如他人般取笑老人，反相信老人終能釣到大魚，幼童的鼓勵如不滅的火炬，在老人出海遇上孤獨、勝利及挫折時，這不滅的火炬便重燃老人的意志，老人渴望他在身邊，暖和自己冷得僵硬的身體。

同時，幼童的出現象徵老人有過的青春。在老人於海上孤獨作戰時，他不斷想起幼童，甚至作夢，夢見昔日在非洲遇見充滿活力的獅子。老人對幼童以及獅子的思念可以說帶回了老人失去的青春，這種對幼童及夢中獅子的渴望，甚至讓他記起自己過去的能力，好讓他遇上危難時，作為精神上的興奮劑，從而戰勝他內在和外在的敵人。海明威不沉悶地複寫意志的重要性，將之寄寓於幼童和獅子，賦予它象徵意味，這是其小說高明之處。

小說藉老人打魚的基本韻律：追捕、捕獲和失去馬林魚，表現了人生永無休止的「成、敗、得、失」的過程，當中的意義無法以道德來衡量，卻構成了大自然與人生互動的節奏與規律。事實上，小說的基本韻律是與大海波濤的快慢節奏互相呼應的，每當老人的內心世界因外在環境而掀起浪潮，接着定有小孩及獅子的意象出現，緩和緊張的節奏。這種快慢有序的結構，符合大海的韻律，一種不休、無止境的節奏。

老人說過自己是為打魚而生的，他又提過人不是為失敗而生的。幼童沒有在最後問老人為何而生，否則老人可能又有另一個答案。誠如小說着重描繪老人打魚的過程，答案和意義並非最重要，也不是刻板的是非對錯，而是由每個人去賦予意義，去給自己一段旅程，給自己一個與自己心靈獨處的機會，解答自己的問題。

老人無疑是個冒險者，他過去八十四天毫無收穫，但他對未知的第八十五天寄予希望；他在海上用意志以及經驗去戰勝內在和外在的敵人，那種對自己力量的必勝信心，讓人感受到對生命的狂熱。加上幼童由始至終的崇拜敬仰，無疑賦予年長的漁夫一個英雄的形象，這給讀者極大的鼓舞，因為老人只是一位普通人，卻可憑着自身的意志去譜寫生命的故事和意義。

每個人都經歷過徬徨的時候，這徬徨不只屬於少年，也屬於每個年齡層的人，包括小說中的老人。而徬徨過後的長大，不單指成為大人，或成為強者，也指認識自己。「我是誰？」一向來是人生的核心問題，也是最難的問題。每個人的故事都很重要，也有其獨特性，且不可取代，都是神聖、永恆。人只要活着，並遵循大自然的意志和規律，他就是一個傳奇，值得敬佩。這就解釋了為何幼童對毫無漁獲的老人那麼敬仰，視他為漁業界的傳奇，就如老人一直崇拜棒球界的傳奇球手迪馬吉澳。

不過，由於現在旅行日漸便利，冒險的性質開始有所改變，甚至有人可在網上查看影片去「旅行」，在網上購買世界各地的珍品，不同國籍的臉孔紛紛在網上湧現，世界彷彿不再陌生，人與人的距離恍似拉近了一大步。但這卻帶來了另一難題：我們該如何獨處，面對自己？相比起到不同地方的外在冒險，我們也有必要展開一段探尋內心世界的冒險之旅。老人藉着從夢中遇到獅子獲得所需的意志，也許現代人也需要一個夢。赫曼．赫塞（Hermann Hesse）在《徬徨少年時》

提過人們必須找到自己的夢，這樣一來，這條路就會變得輕鬆許多。

海明威認為《老人與海》可以算是他所有的作品，以及他在寫作和生活經驗中所曾學到的一切事物的總結。它能使讀者感受到生命的精華——即人生除了少數輝煌的時刻之外，大都是一片孤寂無聊，有時甚至會淪入絕望之境。但就如聖地亞哥老人般，他對於自己行業的熱忱，對於一連串惡運的不認命，和他認為自己可能勝利的信念，促使他做了超凡的事，在這個悲劇性的過程中，他得到了一種失敗的勝利，一種破滅後的勝利，這是他辛苦掙來的，我們應讚頌他的苦難。而小說向讀者詮釋了生命的高貴與尊嚴、人類堅不可摧的精神與人和自然的關係。聖地亞哥在與海洋搏鬥中表現了驚人的毅力，這種毅力並非超越常人的，而是一切人類應有的一種氣概。這讓小說被譽為他最成功的作品。諾貝爾獎金委員會頒獎給海明威時，特別提出這本書，加以讚美。

本書中的另外幾篇中短篇小說也是海明威的代表作。《弗朗西斯．麥考博稍縱即逝的幸福生活》以簡煉的語言描寫弗朗西斯．麥考博夫婦及其獵人在非洲打獵的故事，當中恐懼、激情、生命、死亡、嫉恨及勇氣這些元素交織，探討男女之間複雜的感情以及面對危難時意志的重要性；《乞力馬扎羅山上的雪》是對於一個臨終前的人的細緻描述，當中死亡的氣氛及其象徵意味蘊含在一幕幕蒙太奇般的場景裏，海明威以意識流的手法探討迷惘一代對生存的困惑以及生命的意義；《雨中的貓》熟練地運用上述提及的冰山理論，探討女性備受冷漠後的意識覺醒；《白象似的群山》以象徵手法和男女主角的對話討論具爭議的話題——墮胎。正如作家米蘭昆德拉所言，讀者能從對話中延伸無限的故事。小說藉着結局的多樣暗示當時迷惘一代的異化關係及複雜的內心情感；《一天的等待》藉着幼童想像死亡時的勇氣和意志，展示英雄式的孤獨，此小說讓很多讀者了解海明威在現實世界中硬漢性格背後複雜的內心世界，讀來回味無窮。這些作品所敍述的時地各異，但所運用的技巧，皆能使外在的事件表現出一種內在的意義——即既無解釋，也不說教，更不特別強調這些意義的可能性。

海洋，讓人又愛又恨。有人對海洋好奇，被它的神秘吸引着，窮一生的精力去探索平靜海面下的暗湧；有些人恨它的無常——大自然的奧妙在於它自有一套法則，人類難以操控或改變這法則，其無情終令人類選擇尊重或適應它。老人出海不單只是去冒險，更重要的是他透過認識、反抗、接納及尊重海洋，去領悟人生的意義或許不在得與失，更可能是在過程中的經歷和領悟。於是，他頸額上的皺紋，他的平靜和沉默，便更顯難能可貴了。

蕭頌恒

蕭頌恒，嶺南大學中文系畢業。火苗文學工作室成員。喜文學創作，尤愛寫詩、評論。作品散見於報章及文學雜誌。

老人與海

他是個老人，獨自駕一條小船在灣流[1]中捕魚，這回連續出海八十四天，一無所獲。頭四十天，有個男孩跟着他。不過，一連四十天都沒捕到魚，男孩的父母就對孩子說，這老頭如今晦氣到家了，真是倒霉透頂，於是，男孩照他們的吩咐上了另一條船，頭一個星期就捕到了三條很棒的魚。男孩見老人天天空船而歸，心裏很難受，他總是走下岸去，幫老人拿捲起來的釣線，或是魚鉤、魚叉，還有纏在桅杆上的船帆。那船帆用麵粉袋打了幾個補丁，收攏起來真像是一面標誌着永遠失敗的旗幟。

老人瘦骨嶙峋，頸背上刻着深深的皺紋。他的兩頰有着褐色的斑塊，是陽光在熱帶海面上的反射造成的良性皮膚病變。褐斑從上到下佈滿面頰的兩側，他的雙手由於常用釣線拖拽大魚，勒出了很深的疤痕。可是，這些傷疤沒有一處是新的，和沒有魚的沙漠裏風雨侵蝕留下的痕跡一樣古老。

他渾身上下都顯得很蒼老，只有那雙眼睛，和大海是一樣的顏色，看上去生氣勃勃，有一股不服輸的勁兒。

「聖地亞哥，」他們倆從小船停泊的地方爬上岸時，男孩對他說，「我又能跟着你了。我們家掙到了一點兒錢。」

老人教會了這男孩捕魚，男孩很敬重他。

「算了，」老人說，「你遇上了一條走運的船，還是待下去吧。」

「不過，你總該記得，有一回你一連八十七天都沒捕到魚，後來連續三個星期，我們每天都捕到了大魚。」

「我記得，」老人說，「我知道你不是因為吃不準才離開我的。」

「是爸爸讓我走的。我是孩子，總得聽他的。」

「我明白，」老人說，「這很在理。」

「他不大有信心。」

「是啊，」老人說，「可是我們有，對吧？」

「對，」男孩說，「我請你去露台飯店喝杯啤酒，然後咱們把這些東西帶回家。」

「那敢情好，」老人說，「都是打魚的嘛。」

他們坐在露台上，不少漁夫拿老人開玩笑，老人並不氣惱。還有些上了年紀的漁夫望着他，為他感到難過，但他們並沒有表露出來，只是說些客套話，談談海流，說說釣線入水的深度，接連的好天氣，以及各自的見聞。當天有收穫的漁夫都已經回來了，他們把大馬林魚剖開，整個兒橫排在兩塊木板上，兩人各抬着木板的一頭，踉踉蹌蹌地一路走去送到收魚站，在那兒等着冷藏車把魚運往哈瓦那的市場。捕到鯊魚的已經把魚運到了海灣另一頭的鯊魚加工廠，吊在滑輪上，除去肝臟，割下魚鰭，剝掉外皮，把魚肉切成一條條的準醃起來。

一颳東風，就會有一股腥味從鯊魚加工廠飄過海港，吹送到這裏來；不過，今天只有淡淡的一絲，因為風轉為朝北吹，後來又漸漸停了，露台上陽光煦暖，令人感到愜意。

「聖地亞哥，」男孩喚了一聲。

「哦，」老人應道。他正握着酒杯，回想好多年前的事兒。

「要不要我去弄些沙丁魚來，給你明天用？」

「不用了。打棒球去吧。我還能划得了船，羅赫可以幫忙撒網。」

「我想去。就算不能跟你一塊兒捕魚，我也想幫點兒忙。」

「你請我喝了杯啤酒，」老人說，「你已經是個男子漢了。」

「你頭一回帶我上船，我有幾歲？」

「五歲，那天你差點兒就沒命了。我把一條活蹦亂跳的魚拖到船上，牠險些把船撞個粉碎。你記得嗎？」

「我記得魚尾巴一個勁兒地拚命拍打，坐板都被撞斷了，還有用棍子打魚的聲音。我記得你猛地把我推到船頭，那兒擱着一卷一卷的釣線，濕淋淋的，我感到整條船都在顫抖，還聽見你在用棍子打魚，那聲音就跟砍樹一樣。我覺得渾身上下都有一股甜絲絲的血腥味兒。」

「你是真記得那回事兒，還是聽我說的？」

「打咱們頭一次一塊兒出海那時候起，甚麼事兒我都記得。」

老人用他那雙被陽光灼刺過的眼睛打量着他，目光堅定而又充滿慈愛。

「如果你是我的孩子，我就會帶你去碰碰運氣，」他說，「可你是你爸媽的孩子，而且你還搭上了一條走運的船。」

「我去弄些沙丁魚來吧？我還知道上哪兒能搞來四個魚餌。」

「我今天還有剩下的。醃在盒子裏了。」

「我給你弄四個新鮮的吧。」

「一個吧，」老人說。他的希望和信心一刻也不曾喪失，此時在微風的吹拂下又鮮活地湧動起來。

「兩個，」男孩說。

「那就兩個吧，」老人同意了，「不會是偷來的吧。」
「我倒想去偷，」男孩說，「不過，這是我買來的。」
「謝謝你。」老人說。他的心思很簡單，壓根兒不去想自己從甚麼時候起變得如此謙卑。他知道自己變得謙卑起來，而且知道這並不丟臉，也無損於真正的自我尊嚴。
「看這海流，明天會是個好天氣。」他說。
「你要去哪兒？」男孩問。
「到好遠的地方，等到風向轉了再回來。我打算不等天亮就出海。」
「我想辦法讓船主到遠處打魚，」男孩說，「這樣，要是你捕到了一個很大的傢伙，我們可以趕去幫忙。」
「他可不願意在太遠的地方捕魚。」
「是啊，」男孩說，「不過，我會看見一些他看不到的東西，比方說一隻正在捕魚的鳥兒，這樣我就能讓他去追蹤鯕鰍。」
「他的眼睛有那麼糟嗎？」
「差不多全瞎了。」

「這可怪了，」老人説，「他從來沒捕過海龜，那才毀眼睛呢。」

「可你在莫斯基托海岸捕了好多年海龜，眼睛照樣好好的。」

「我是個不一般的老頭兒。」

「你還有力氣對付一條非常大的魚嗎？」

「我想還有。再説我還有不少竅門兒呢。」

「咱們把這些東西帶回去吧。」男孩説，「這樣我就可以拿漁網去捕沙丁魚了。」

他們從船上拿下捕魚的家什。老人肩上扛着桅杆，男孩提着木盒，裏面裝着一卷卷編織得很緊密的褐色釣線，還有手鈎和帶柄的魚叉。盛魚餌的盒子放在船尾，邊上有根木棍，用來制服被拖到船邊的大魚。沒人會偷老人這些家什。不過，船帆和沉甸甸的釣線最好還是拿回家，露水對牠們可不大好。儘管老人深信當地人不會來偷，可還是覺得，把手鈎和魚叉留在船上，讓人產生非分之想，大可不必。

兩人順着大路來到老人的棚屋前，從敞開的門走進去。老人把裏着船帆的桅杆靠在牆上，男孩把盒子和其他用具擱在旁邊。那桅杆跟這個單間的棚屋差不多一樣長。棚屋是用王棕的堅韌苞殼蓋成的，當地人稱之為棕櫚[2]。棚屋裏有一張床、一張桌子、一把椅子，泥地上還有一塊地方可以用木炭燒火做飯。棕褐色的牆面是用纖維結實的棕櫚葉子壓扁、層疊而成，上面有一幅彩色的《耶穌聖心圖》，還有一幅《科伯聖母圖》，都是他妻子的遺物。原先，牆上還掛着一幅他妻子的着色照片，因為一瞧見那照片就讓他感到孤單，他就取下來，放在屋角的擱板上自己那件乾淨的襯衫底下。

「有甚麼吃的？」男孩問。

「一鍋黃米飯和魚。你想吃點兒嗎？」

「不了，我回家去吃。要我幫忙生火嗎？」

「不用。等會兒我自己來。也許就吃冷飯了。」

「我把漁網拿走好嗎？」

「當然嘍。」

其實根本沒有漁網，男孩還記得他們是甚麼時候把漁網給賣掉的。不過，他們每天都要裝模作樣地走一遍過場。一鍋黃米飯和魚也是編出來的，男孩心裏也明白。

「八十五是個幸運數字，」老人說，「你想不想看我帶回來一條魚，去掉內臟淨重還有一千多磅？」

「我去拿漁網捕沙丁魚。你坐在門口曬曬太陽可好？」

「好吧，我有昨天的報紙，可以看看棒球的消息。」

男孩不知道昨天的報紙是否也是純屬編造。不過，老人真的從床下拿出了報紙。

「佩里科在酒館[3]裏給我的。」他解釋説。

「我弄到沙丁魚就回來。我把你的和我的放在一起，用冰鎮着，明天早上分着用。等我回來，你可以給我説説棒球的消息。」

「揚基隊不會輸的。」

「可我擔心克利夫蘭印第安人隊會贏。」

「對揚基隊要有信心，孩子。別忘了大名鼎鼎的迪馬吉奧。」

「我擔心底特律老虎隊和克利夫蘭印第安人隊會獲勝。」

「當心點兒，要不然，你連辛辛那提紅隊和芝加哥白襪隊都要擔心啦。」

「你好好看吧，等我回來給我講講。」

「你看我們是不是該去買張末尾是 85 的彩票？明天是第八十五天。」

「行倒是行，」男孩説，「可你的偉大記錄是八十七天，這怎麼説？」

「不會有第二次了。你看能搞到一張末尾是 85 的彩票嗎？」

「我能訂一張。」

「一張，要兩塊五，能向誰借到這筆錢呢？」

「這個容易。兩塊五我總能借到手。」

「我覺得沒準兒我也能借得到。不過，我盡量不借錢。先借錢，後討飯。」

「穿得暖和點兒，老爺子，」男孩說，「別忘了，這可是九月份。」

「正是大魚上鈎的時候，」老人說，「五月份人人都能當個好漁夫。」

「我現在去捉沙丁魚了。」男孩說。

男孩回來的時候，老人正在椅子上安睡，太陽已經西沉。男孩從床上拿過那條舊軍氈，鋪在椅背上，蓋住老人的雙肩。這副肩膀不同尋常，儘管非常老邁，卻依然強健有力，他的脖子也仍舊壯實得很，而且當他睡着的時候，腦袋向前耷拉着，皺紋也不大明顯了。他的襯衫打過好多次補丁，弄得像他那張船帆一樣，被太陽曬得褪了顏色，深淺不一。老人的頭顱非常蒼老，閉上眼睛的時候，面龐上沒有一絲生氣。那份報紙攤在他膝蓋上，靠他一條胳膊壓着，才沒有被晚風吹走。他赤着雙腳。

男孩撇下老人走了，等他回來，老人還在睡着。

「醒醒，老爺子，」男孩説着，把一隻手搭在老人的膝蓋上。

老人睜開眼睛，一時神情恍惚，彷彿剛從遙遠的地方回過神來。接着他笑了笑。

「你弄到了甚麼？」他問。

「晚飯，」男孩説，「咱們吃飯吧。」

「我還不大餓。」

「來吃吧。你可不能光打魚不吃飯啊。」

「我倒是這麼幹過，」老人説着站起身來，拿起報紙摺好，然後開始動手疊氈子。

「把氈子圍在身上吧，」男孩説，「只要我活着，就不能讓你空着肚子去打魚。」

「那就活得長長的，照顧好自己。」老人説，「咱們吃點兒甚麼？」

「黑豆米飯，油煎香蕉，還有燉菜。」

飯菜盛在雙層金屬飯盒裏，是男孩從露台飯店拿來的。他口袋裏裝着兩副刀叉和湯匙，每副都包在餐巾紙裏。

「這是誰給你的？」

「馬丁，飯店老闆。」

「我得謝謝他。」

「我已經謝過他了，」男孩說，「你用不着去謝了。」

「我要把一條大魚肚子上的肉給他，」老人說，「他這樣幫助咱們不止一次了吧？」

「我想是這樣。」

「這樣的話，除了魚肚子上的肉，我得給他點兒別的甚麼。他很關照咱們。」

「他還送了兩瓶啤酒呢。」

「我最喜歡罐裝啤酒。」

「我知道。不過這是瓶裝的。哈圖伊牌，我還得把瓶子送回去呢。」

「你真是太好了，」老人說，「咱們開始吃吧？」

「我一直在招呼你吃啊，」男孩輕聲說，「我想等你準備好再打開飯盒。」

「現在我準備好了，」老人說，「我只是需要點兒時間洗一洗。」

你在哪兒洗呢？男孩想。村裏的供水站在路那頭，隔了兩條街。我得替他搞些水來，男孩心想，還有肥皂和一條好點兒的毛巾。我怎麼這麼粗心呢？我得給他弄來一件襯衫，一件過冬的外套，還得弄雙甚麼鞋子，再來條氈子。

「你拿來的燉菜好吃極了，」老人說。
「給我講講棒球賽吧。」男孩請求道。
「我說過，在全美職業棒球聯賽中，揚基隊所向無敵。」老人高興地說。
「今天他們輸了。」男孩告訴他。
「這不要緊。了不起的迪馬吉奧又恢復常態了。」
「他們隊裏還有其他人啊。」
「那是當然。不過，有了他就大不一樣。在另一場聯賽中，布魯克斯隊對費城隊，我絕對看好布魯克斯隊。可我還忘不了迪克．西斯勒和老公園[4]裏那些漂亮的擊球。」
「那種好球再也見不着了。我見過的擊球，數他打得最遠。」
「你還記得過去他經常到露台飯店來嗎？我很想帶他去捕魚，可我膽子小，不敢開口。所以我讓你去說，結果你也太膽小了。」
「我記得。那真是大錯特錯。他可能會跟咱們一起去的。那樣的話，咱們一輩子都會記得這檔子事兒。」
「我很想邀上大名鼎鼎的迪馬吉奧去捕魚，」老人說，「聽人說，他父親也是個打魚的。興許他過去和咱們一樣窮，能跟咱們說得來。」

「頂呱呱的西斯勒的爸爸從來沒有過過窮日子，他——我說的是他爸爸，像我這麼大的時候就在大聯賽裏打球了。」

「我像你這麼大的時候，就在一條去往非洲的橫帆船上當普通水手了，黃昏的時候還在沙灘上見到過獅子呢。」

「我知道。你跟我說過。」

「咱們是說非洲的事兒，還是聊棒球？」

「我覺得還是聊棒球吧，」男孩說，「給我說說大名鼎鼎的約翰．J.麥格勞的事兒吧。」他把J說成了霍塔。

「早先他也常到露台飯店來。不過，酒一下肚，他就變得很粗魯，出口傷人，不大好相處。他滿腦子都是賽馬和棒球。至少他的口袋裏老是揣着賽馬的名單，在電話裏動不動就提到賽馬的名字。」

「他是個了不起的經理，」男孩說，「我爸爸認為他是最棒的。」

「那是因為他上這兒來得最多，」老人說，「如果杜羅徹年年繼續到這兒來，你爸爸就會認為他是最了不起的經理了。」

「說真的，誰是最能幹的經理，盧克還是邁克·岡薩雷斯？」

「我覺得他們不相上下。」

「可最棒的漁夫是你。」

「別這麼說。我知道還有更棒的。」

「哪裏啊[5]，」男孩說，「好漁夫是不少，有的非常棒。可你是獨一無二的。」

「謝謝你。真讓我高興。我希望不要來一條太大的魚，證明我們都錯了。」

「只要你還像自己說的那樣強壯，就沒有甚麼魚能把你打垮。」

「我也許不如自己想像的那麼壯實，」老人說，「可我有不少訣竅，而且還有決心。」

「你該上床睡覺了，這樣明天早晨才能精力充沛。我把這些東西送回露台飯店。」

「那就晚安嘍。早上我去叫醒你。」

「你就是我的鬧鐘。」男孩說。

「年歲是我的鬧鐘，」老人說，「老傢伙們幹嗎醒得那麼早呢？難道是為了讓日子更漫長？」

「我不知道，」男孩說，「我只知道年輕人睡得晚，睡得死。」

「我會記得的，」老人說，「到時候我去叫醒你。」

「我不願意讓他來叫我，好像我不如他似的。」

「我明白。」

「好好睡吧，老爺子。」

男孩走了出去。剛才兩人已經黑燈瞎火地吃了飯，老人摸黑脫了褲子上床去睡。他把褲子捲起來當枕頭，裏面塞着那張報紙。然後，他把自己裹在氈子裏，睡在彈簧墊上鋪着的另一些舊報紙上。

他不一會兒就酣然入睡，夢見了自己小時候去過的非洲，長長的金色海灘和白色海灘，白得刺眼，還有高聳的海岬和褐色的大山。如今他每天夜裏都夢見自己生活在那道海岸邊上，在夢裏聽見海浪的轟隆聲響，看到當地的小船乘風破浪。在睡夢中，他聞到甲板上的柏油和麻絮的味道，還有清晨陸地上的微風帶來的非洲的氣息。

通常，他一嗅到陸地上的微風就會醒來，然後穿上衣服去叫醒男孩。不過，今夜那微風的氣息來得很早，睡夢中他知道時候還早，就繼續停留在夢裏，看着一個個島嶼上的白色山峰從海面上升起，接着還看到加那利群島形形色色的港灣和錨泊地。

他不再夢見颳暴，不再夢見女人，不再夢見重大事件，不再夢見大魚、打架、力量角逐，也不再夢見他的妻子。他如今只夢到一些地方，還有沙灘上的獅子。獅子在暮色中像小貓一樣嬉戲着，他喜愛獅子如同他喜愛那個男孩。他從來沒有夢見過那個男孩。他就這麼醒了，從敞開的門望出去，看着月亮，攤開褲子穿在身上。他在棚屋外撒了尿，然後順着路走去叫醒男孩。清晨的寒氣讓他直打哆嗦，不過他知道，哆嗦一陣之後就會感到暖和，等會兒就要去划船了。

男孩家的房門沒有上鎖，他推開門，光着腳悄悄走了進去。男孩睡在外間的一張帆布床上，借着殘月透進窗子的微光，老人把他看得清清楚楚。老人輕輕握住男孩的一隻腳，直到他醒過來，翻了個身看着老人。老人點點頭，男孩從床邊的椅子上拿過褲子，坐在床上穿起來。

老人走出門，男孩在後面跟着。他很睏，老人摟住他的肩膀，說：「真抱歉。」

「幹嗎這麼説[6]，」男孩説，「男子漢就得這樣。」

他們順着路朝老人的棚屋走去，一路上，男人們扛着桅杆，光着腳在黑暗中走動。

他們走進老人的棚屋，男孩拿起裝在籃子裏的幾卷釣線，還有魚叉和魚鈎，老人把船帆的桅杆扛在肩上。

「你想喝點兒咖啡嗎？」男孩問。

「咱們先把漁具放到船上，然後再去喝。」

在一個大清早就向漁人供應早餐的小館子裏，他們用煉乳罐喝起咖啡。

「你睡得怎麼樣，老爺子？」男孩問。他已經漸漸清醒起來，儘管要完全擺脱睡意還是不大容易。

「我睡得很好，馬諾林，」老人説，「我今天很有信心。」

「我也是，」男孩説，「現在我得去拿咱們倆要用的沙丁魚，還有你的新鮮魚餌。他自個兒拿我們的漁具，他從來不要別人幫忙。」

「咱們不一樣，」老人説，「你才五歲的時候我就讓你拿東西了。」

「我知道，」男孩説，「我馬上就回來，你再喝杯咖啡吧。我們在這兒可以賒賬。」

他走了，光腳踩在珊瑚岩上，朝存放魚餌的冷庫走去。

老人慢悠悠地喝着咖啡。這是他一整天的吃喝，他明白應該喝下去。好久以來，吃東西讓他感到厭煩，他從來不帶午飯。船頭有一瓶水，那就是他一天裏唯一的需求。

男孩帶着沙丁魚和兩個包在報紙裏的魚餌回來了，他們順着小路向小船走去，腳底下是嵌着鵝卵石的沙地，踩上去別有一種感覺，他們抬起小船，讓它滑進水裏。

「祝你好運，老爺子。」

「也祝你好運。」老人說。他把船槳上的繩索繫在槳栓上，俯身向前，好抵擋槳片在水中受到的阻力，在黑暗中划出港口。別的海灘上也有船隻紛紛出海，這個時候月亮已經落山，老人雖看不分明，但能聽見船槳入水和划動的聲音。

偶爾哪條船上可聽到人語聲，大多數船都靜悄悄的，只有槳聲可聞。一出港口，船隻便分散開來，各自駛向有望捕到魚的那片海域。老人知道自己正划向遠方，把陸地的氣息抛在身後，駛入拂曉時分海洋的清新氣息裏。他划到一片水域，看到馬尾藻在水裏閃爍的粼光，漁人們把這片水域叫「大井」，因為這裏的海水突然深達七百英尋，海流衝擊海底峭壁，形成漩渦，各種各樣的魚都聚集於此。在深不可測的洞穴裏，匯聚着海蝦和可作魚餌的小魚，有時候還有成群的烏賊，夜間牠們會浮到靠近海面的地方，成為所有游蕩至此的魚兒的充腹之物。

黑暗中，老人可以感到清晨將至，他一邊划着船，一邊聽着飛魚出水的顫抖聲，還有牠們那直挺挺的翅膀在黑暗中淩空飛離時發出的嗞嗞聲。他非常喜愛飛魚，那是他在海上最重要的朋友。他為鳥兒感到惋惜，尤其是纖弱的黑色小燕鷗，牠們始終在飛翔覓食，卻幾乎從來都是一無所獲。他想，除了那些掠奪成性的猛禽和健碩有力的鳥兒，鳥類的生活比我們還要艱辛。既然海洋如此殘酷，造物主為甚麼還要讓海燕一類的鳥兒生得如此柔弱纖巧？大海仁慈而又美麗，可她也會變得如此殘暴，而且是在突然之間改變，這些飛翔的鳥兒，落到海面上覓食，發出細微的哀鳴，在大海的映襯下顯得如此脆弱。

每每想到大海，他腦海中浮現的總是 la mar[7]，這是西班牙語中人們對大海的愛稱。喜愛大海的人們有時候也會說她的壞話，不過這種時候往往把她當做女人。有些年輕一點兒的漁夫，用浮標當釣線上的浮子，還用賣鯊魚肝賺來的大把鈔票買了摩托艇，他們都把大海稱作 le mar，一個陽性名詞。他們提起大海的時候，總把她當做一個競爭對手，一個去處，甚至是一個敵人。可老人一貫把大海想像成女人，她向人們施與或拒絕施與莫大的恩惠，如果她做出甚麼狂暴或者邪惡的事情，那也是出於無奈。老人覺得，月亮對大海的影響如同對女人的影響一般。

他穩穩地划着船，保持自己一貫的速度，海面上風平浪靜，只偶爾碰上幾處水流的漩渦，所以並不感到吃力。他讓海流替他分擔三分之一的氣力，天蒙蒙亮的時候，他發現自己走得比原先希望此時能夠到達的地方還要遠。

他想，我在「深井」打了一週的魚，結果一無所獲。今天我要找到鰹魚和長鰭金槍魚成群出沒的地方，說不定牠們中間有條大傢伙呢。

不等天色大亮，他就放出魚餌，讓船隨流飄蕩。其中一個魚餌下沉到四十英尋深處，第二個在七十五英尋，第三個和第四個分別在一百英尋和一百二十五英尋深的藍色海水裏。每個用新鮮沙丁魚做的魚餌都是頭朝下，釣鉤的鉤身穿進魚餌，並且紮好，縫得結結實實，這樣一來，魚鉤的所有突出部份，彎鉤和鉤尖，都包在魚肉裏。每條沙丁魚都用魚鉤穿過雙眼，在突出的鋼鉤上形成半個環。一條大魚所能碰到的魚鉤上的任何部份，都會讓牠感到美味可口。

男孩給了他兩條新鮮的小金槍魚，也叫長鰭金槍魚，這會兒正像鉛墜一樣掛在那兩條下沉最深的釣線上，另外兩根釣線上掛的是藍色大鰺魚和黃色的狗魚，雖然已經用過，但依然完好無缺，上好的沙丁魚又為牠們增添了香味和誘惑力。每根釣線都像大鉛筆一樣粗，一端纏在青皮釣竿上，只要魚一拽或者一碰魚餌，釣竿就會下沉。每根釣線都有兩個四十英尋長的卷兒，必要的時候可以牢牢地繫在另外的備用釣線卷兒上，這樣一來，一條魚可以拖出去三百多英尋長的釣線。

老人一邊盯着那三根從船邊伸出去的釣竿，看有沒有動靜，一邊緩緩地划着船，讓釣線垂直上下浮動，並且保持在適當的深度。此時，天已經大亮，太陽隨時都會升起。

淡淡的太陽從海面上升起來，老人可以看見別的船隻，低低地挨着水面，離海岸不遠，橫佈在海流之中。接着，太陽越發明亮了，耀眼的陽光照在海面上，當太陽完全離開地平線時，平靜的海面將陽光反射到他的眼睛裏，令他的雙眼感到刺痛。他划着船，不去看太陽，而是俯視水中，看那幾根筆直垂入黑魆魆的海水中的釣線。他的釣線總是比別人的都直，這樣，在黑沉沉的海流中，每個海水層都有一個魚餌，剛好在他所希望的地方等着游動的魚兒上鈎。別人往往讓釣線隨着水流漂移，有時候釣線在六十英尋深的地方，他們卻以為有一百英尋。

他想，我的釣線深度很精確，只是不再走運而已。可誰知道呢？沒準兒今天就時來運轉。每天都是一個嶄新的日子。走運當然更好。不過我寧願做到分毫不差。

這樣運氣降臨的時候就有備無患了。

太陽升起來已經過了兩個小時，他朝東方望去不再感到那麼刺眼了。此時眼前只能看到三條船，它們顯得很低矮，遠在近岸的海面上。

他想，我這一輩子，老是讓初升的太陽刺痛眼睛。不過，我的眼睛現在還是好好的。傍晚直視夕陽也不會感到眼前發黑。陽光在傍晚時分會更強勁，而早晨的光線會刺痛人的雙眼。

就在這時，他看見一隻軍艦鳥，展開長長的黑色翅膀，在他前方的天空中盤旋飛翔。那鳥兒倏地急轉而下，斜着後掠的翅膀，接着又開始盤旋。

「牠發現了甚麼，」老人大聲說，「牠可不是隨便看看。」

他不慌不忙地慢慢地划向鳥兒盤旋的地方。他並不心急，讓釣線保持上下垂直。但他已經稍稍接近海流，為的是依舊按照正確的方式捕魚，儘管他的速度比不靠這隻鳥兒指引要快一些。

那隻鳥兒在空中飛得更高了，又開始來回盤旋，翅膀紋絲不動。接着牠突然俯衝下來，老人看見飛魚躍出海水，拚命掠過海面。

「鯕鰍，」老人大聲叫道，「大鯕鰍。」

他收起雙槳，從船頭下面拿出一根細釣線。釣線上有一截金屬接鈎繩和一隻中號釣鈎，他把一條沙丁魚穿在上面當魚餌，然後將釣線從一邊的船舷放下水去，再把上面一頭繫在船尾一隻帶環的螺栓上。他又給另一根釣線裝上魚餌，捲作一團丟在船頭的背陰處。隨後，他又划起船來，密切觀察那隻長翅膀的黑鳥，那鳥兒正低低地貼着水面覓食。

他正看着，那鳥兒又斜着翅膀俯衝下來，緊接着徒勞地拚命搧動雙翅追蹤飛魚。老人看見海面上有一個地方微微隆起，那是大鱰鰍在追趕逃竄的飛魚，掀起了海浪。鱰鰍在飛掠的魚群下面破水而行，只等飛魚一落下就飛快扎進海水。那可是一大群鱰鰍，他想。牠們散得很開，飛魚根本沒有脫逃的機會。那隻鳥兒也沒有機會，飛魚對牠來說個頭兒太大，而且飛得太快。

他看着飛魚一次次衝出水面，還有那隻鳥兒徒勞無益地一次次發起進攻。這群鱰鰍算是從我身邊逃走了，他想。牠們游得太快，太遠了。不過，說不定我能逮住一條掉隊的，說不定我想捕到的大魚就在牠們周圍。我的大魚總該在某個地方啊。

這時，陸地上升起了如同群山一般的雲，海岸成了一條長長的綠色的線，後面映襯着灰藍色的小山。此時的海水變成了深藍色，深得近乎發紫。他低頭朝水裏瞧瞧，發現深藍色的海水裏散佈着紅色的浮游生物，陽光在水中呈現出奇異的光彩。他時時留意自己那幾根釣線，讓牠們筆直地沒入水中，直到看不見為止。看到這麼多浮游生物讓他不免有些高興，因為這說明有魚。太陽升得更高了，陽光在海水中變幻出奇光異彩，這意味着天氣不錯，陸地上雲朵的形狀也預示着好天氣。可是那隻鳥兒此時幾乎是不見蹤影了，海面上甚麼也沒有，只有幾塊黃色的馬尾藻，還有一隻僧帽水母緊靠着船舷漂浮不定，牠的膠質泡囊呈紫色，有模有樣的，閃爍出彩虹的光澤。那隻水母倒向一邊，又直立起來，像個氣泡在興高采烈地漂浮，身後那致命的紫色觸鬚長長地拖在水裏，足有一碼。

「水母[8]，」老人說，「你這婊子。」

他輕輕地划着船槳，從自己坐的地方望下去，看見一些小魚，顏色和拖在水中的觸鬚一個樣，正在觸鬚之間和泡囊投下的小小陰影裏游來游去。水母的毒性對牠們毫無妨害，但人可不行。那些紫色的觸鬚有的會纏在釣線上，黏糊糊地附在上面，老人把魚拖上船的時候，他的胳膊和雙手上就會留下疤痕和傷痛，就像被有毒的藤蔓或漆樹刺傷一樣。這水母的毒性發作得很快，那種疼痛就像挨鞭子抽打一般。

這些彩虹色的氣泡很美麗。可它們是大海裏最虛假的東西，老人很樂意看着大海龜把它們吃掉。海龜一發現水母，就從正面直逼上去，然後閉上眼睛，這樣，牠們全身都有硬殼做保護，接着牠們就把水母連同觸鬚統統吃掉。老人喜歡看海龜吃水母，喜歡暴風雨過後在海灘上遇見水母，喜歡聽自己用長着老繭的腳掌踩在牠們身上發出的啪啪的爆裂聲。

他喜歡綠甲烏龜和玳瑁，很欣賞牠們的優雅姿態、速度和極高的價值，看不上那身體龐大而笨拙的蠵龜，但並沒有甚麼惡意，牠們的甲殼是黃色的，做愛的方式很奇特，吞吃僧帽水母的時候閉着眼睛，樣子很愜意。

雖然他駕船捕龜已經有好多年了，但對海龜並沒有甚麼神秘的想法。他為所有的海龜感到難過，甚至包括那像小船一樣長，足有一噸重的大棱龜。大多數人對海龜都很殘酷，因為海龜被殺死，大卸八塊之後，心臟還能持續跳動幾個鐘頭。可老人心想，我也有一顆這樣的心臟，我的手和腳也跟牠們的一樣。他吃白色的龜蛋，好長力氣。五月份他整整吃了一個月，這樣到了九、十月份就身強力壯，能對付真正的大魚了。

他每天還從一個棚屋的大桶裏舀出一杯鯊魚肝油喝下去，那個棚屋是好多漁夫存放漁具的地方。桶就放在那裏，誰都能去喝。大多數漁夫都厭惡那股味道，不過總比起早貪黑好受點兒，而且能夠有效預防一切傷風感冒，對眼睛也有好處。

這時老人抬眼望去，發現那隻鳥兒又在盤旋了。

「牠找到魚啦，」老人大聲説。這時候既沒有飛魚躍出海面，也沒有小魚四散逃竄。但老人正在觀瞧，只見一條小金槍魚躍入空中，又一個轉身，頭朝下落入水裏。金槍魚在陽光下閃爍着銀光，牠入水之後，又有一條跳了出來，一條條金槍魚在四面八方跳躍不定，攪得海水翻騰起來，牠們跳得遠遠的去追逐小魚，驅趕着魚群，把魚群團團圍住。

要不是牠們游得太快，我就能趕到牠們中間了，老人想。他看着魚群把海水攪得白花花一片，那隻鳥兒此刻正俯衝下來，撲向驚慌之下浮上海面的魚群。

「這隻鳥兒算是幫了大忙，」老人説。就在這當兒，船尾那圈踩在他腳下的釣線繃緊了。他放下雙槳，緊緊抓住釣線往上拽，感覺那條小金槍魚在一抖一抖地向後拖，有點兒份量。他越是往上拽，魚兒抖動得越劇烈，他看見水裏露出了藍色的魚背和金色的魚腹，就把釣線一甩，魚兒越過船舷，落進了船裏。陽光下，魚躺在船尾，樣子非常結實，形如子彈，大大的眼睛愚蠢地瞪着，尾巴快速抖動，動作乾淨利落，隨即重重地撞在船板上，死了。出於善心，老人在牠頭上敲了一記，又踢上一腳。在船尾的背陰處，魚還在抖抖索索。

「長鰭金槍魚，」老人大聲説，「做釣餌倒不錯，總該有十磅重吧。」

他記不得自己是從甚麼時候開始獨個兒自言自語了。早先他一個人有時候還會唱歌，那是在小帆船或者捕龜船上值班掌舵的時候。也許，是在那男孩離開他之後，他才開始一個人大聲説話。可是他記不得了。他跟男孩一起捕魚的時候，兩人只有在必要的時候才開口説話。夜裏或者碰上壞天氣被困在暴風雨裏的時候，他們會聊天。在海上，不沒話找話説被認為是一種美德，老人向來這麼認為，並且始終尊奉這一信條。可是現在，他經常把心中所想大聲説出來，反正也不會打擾甚麼人。

「如果有人聽見我自言自語，會以為我瘋了，」他大聲説，「不過，既然我沒有發瘋，就不管他三七二十一。有錢人的船裏有收音機對着他們説話，還給他們播放棒球賽的消息。」

現在可不是想棒球賽的時候，他心想。現在只應該琢磨一件事兒。我就是為這個來到世上的。在那群魚附近，可能有一條大傢伙，他想。我只逮住了正在覓食的長鰭金槍魚群中的一條離群的魚。魚群在遠處捕食，而且行動很迅速。今天，海上出現的一切都稍縱即逝，而且都朝東北方向去了。難道這個時辰就是這樣嗎？或者這是某種天氣徵兆，我壓根兒就不知道？

此時此刻，他已經看不見綠色的海岸了，只看見巍巍的青山，峰頂彷彿覆蓋着皚皚白雪，上空的雲彩看上去如同雪山一般。海水顏色深暗，陽光在海水中變幻出七色光彩。太陽升得高高的，那無數星星點點的浮游生物在陽光的照射下全都消失不見了，老人眼中所見只有藍色的海水深處那巨大的七色光帶，還有他那筆直垂入一英里深的海水中的釣線。

金槍魚再次下沉，漁夫們管所有這類魚都叫金槍魚，只有在出售或者拿去換魚餌的時候，才用牠們特定的名稱來區分。這時候太陽熱了起來，老人感到脖頸上暖洋洋的，他划着船，感覺汗水從後背直淌下來。

我可以就這麼隨波漂流，他想，睡上一會兒，把釣線在腳趾上繞一圈，這樣一有動靜就能把我弄醒。可今天是第八十五天，我應該好好釣上一天的魚。

他注視着釣線，就在這當兒，他發現伸向海面的一根綠色釣竿猛地往水下一沉。

「好啊，」他說，「好極了。」說着，他收起雙槳，一點兒也沒碰上船身。他伸手去拽釣線，把釣線輕輕地夾在右手大拇指和食指之間。他感到釣線既沒繃緊，也沒甚麼份量，就鬆鬆地握在手裏。接着釣線又往下一沉。這回只是試探性的一扯，虛晃一槍，拉得不緊也不重，老人明白這究竟是怎麼回事兒了。一百英尋深的地方有條大馬林魚在咬餌，吃包在鈎尖和鈎身上的沙丁魚，而手工鍛製的釣鈎就穿在那條小沙丁魚的頭部。

老人輕巧地攥着釣線，用左手把牠從釣竿上輕輕解下來。現在他可以讓釣線在手指間穿過，不讓那條魚有絲毫緊繃的感覺。

在離海岸這麼遠的地方，長到這個月份，這條魚個頭兒一定不小，他想。魚兒啊，快吃吧，吃吧。請吃吧。餌料多麼新鮮啊，你卻在四百英尺深處，待在這漆黑而冰冷的海水裏。在黑暗裏再轉身回來吃吧。

他感到輕微的一拉，接着又是一下，動作重了些，準是沙丁魚的頭很難從釣鈎上扯下來。接着就沒有一絲動靜了。

「來吧，」老人大聲說，「再轉身回來，聞一聞。不是很香嗎？趁新鮮吃吧，還有金槍魚呢。又硬，又涼，又好吃。別難為情，魚兒，吃吧。」

他把釣線夾在大拇指和食指之間，就這麼等着，與此同時眼睛緊盯着這根和另外幾根釣線，因為這條魚可能會游到高一點兒或低一點兒的地方去。接着又是輕微的一拉，和剛才一樣。

「牠會咬餌的，」老人大聲說，「上帝保佑讓牠咬餌吧。」

可魚兒沒有咬鈎。牠游走了。老人感覺不到任何動靜了。

「牠不可能游走的，」他說，「天知道牠是不會游走的。牠是在兜圈子。說不定牠以前上過鈎，還記得這回事兒。」

不一會兒，他感到釣線輕輕地動了一下，於是他高興起來。

「牠剛才不過是在兜圈子，」他說，「牠會咬鈎的。」

感覺到這輕輕的一拉，他心裏很高興，接着又是重重的一下，那份量讓人難以置信。那是魚的份量。於是，他讓釣線向下滑去，往下，再往下，把兩卷備用釣線中的一卷一點點放開。釣線從老人的手指間輕輕溜下去的時候，他仍舊能覺出很大的份量，儘管他的拇指和食指之間幾乎感覺不到甚麼壓力。

「好大的魚啊，」他說，「牠把魚餌咬在嘴邊，正要帶着魚餌游走呢。」

牠這就會掉過頭來把魚餌吞下去的，他想。他並沒有說出口，因為甚麼好事情一旦說破，就不一定會來了。他知道這是多麼大的一條魚。他想像着這條魚橫叼着金槍魚，正在黑暗中游走。就在這時候，他感覺魚一動不動了，但份量還在。接着份量越來越重，他又放出更多的釣線。他一時加大了大拇指和食指上的力量，魚的份量一下子加重了，一股腦向下墜去。

「牠咬餌了，」老人說，「現在我讓牠吃個夠。」

他一面讓釣線從手指間往下溜，一面把左手向下伸，將兩卷備用釣線的一頭兒繫在旁邊那根釣線的兩卷備用線的環扣上。現在，一切都準備好了。除了正在派上用場的那卷釣線以外，他還有三卷四十英尋長的釣線卷作為備用。

「再吃點兒吧，」他說，「好好吃吧。」

吃吧，這樣鈎尖就能刺入你的心臟，把你殺死，他想。乖乖地上來吧，讓我把魚叉刺進你的身體。好啦，你準備好了嗎？吃夠了嗎？

「來吧！」他大聲說着，雙手猛拉釣線，收回了一碼長，接着又連連使勁兒向後拽，雙臂輪番上陣，以身體的重量作為支撐，使出胳膊的全部力氣把釣線往回拉。

毫無用處。那魚逕自慢慢游走，老人連一英寸也拉不上來。他的釣線很結實，是專為釣大魚而做的，他把釣線抵在背上猛拉，釣線繃得緊緊的，竟然有水珠迸出。釣線在水裏慢慢地發出噝噝的聲音，但他還是攥得緊緊的，身子抵在橫座板上向後仰，和魚的拉力相對抗。小船開始慢慢向西北方向漂去。

魚一刻不停地游着，和小船一起在平靜的水面上慢慢行進。另外幾個魚餌還在水裏，不過沒甚麼動靜，可以置之不理。

「真希望那孩子在我身邊，」老人大聲說，「我正被一條魚拖着走，成了繫纜繩的樁子啦。我倒是可以把釣線固定起來，不過這樣一來魚就會把釣線扯斷。我得死命拉住，不得已的時候放開一點兒釣線。謝天謝地，牠在朝前游，沒有往下鑽。」

如果牠一門心思往下鑽，我該怎麼辦？我不知道。如果牠潛到海底，死在那裏怎麼辦？我不知道。我得想想法子。我有不少辦法呢。

他用後背抵着釣線，看着牠斜插在水中，小船不停地向西北方向行進。

這樣下去牠會死的，老人心想。牠不可能永遠這麼游下去。然而，過了四個鐘頭，那魚仍然拖着小船，一刻不停地游向大海深處，釣線也依然緊綳在老人背上。

「這魚上鈎約摸是在中午，」他自語道，「可我還沒看見牠一眼呢。」

在鈎住這條魚之前，他把草帽拉得低低的，緊緊扣在頭上，現在感到草帽把額頭擦得生疼。他還覺得口渴，便雙膝跪地，百般小心地盡量向船頭挪過身去，免得猛地扯動釣線，他伸手拿過水瓶，打開瓶蓋，喝了一點兒。然後他靠在船頭上歇息。他坐在取下來的桅杆和船帆上，試圖甚麼也不去想，只是熬下去。

他回身望了望，陸地已經不在視線之內。這沒甚麼關係，他想。我總能借着哈瓦那的燈光回家。還有兩個鐘頭太陽才會西沉，沒準兒在這之前魚就會上來。要是這會兒不上來，也許會在月亮升起的時候。我沒有抽筋，感覺還有力氣。是牠的嘴被鈎住了。不過，拖拽的勁頭兒這麼足，這該是條多大的魚啊。牠的嘴準是死死鈎在鋼絲釣鈎上了。我真想看看牠的樣子。我真想看牠一眼，好知道這是個甚麼樣的對手。

老人靠着觀察天上的星斗，看出這條魚整個晚上都沒有改變自己的路線和方向。日落之後天氣變涼了，老人的後背、胳膊和兩條老腿上的汗水都晾乾了，身子感到發冷。白天裏，他把蓋在魚餌匣子上的麻袋拿下來，攤在太陽底下曬乾了。太陽下去之後，他把麻袋繫在脖子上，披垂在後背，還小心地把麻袋塞在正勒在肩膀上的釣線下面。用麻袋墊着釣線，他可以想辦法俯身趴在船頭，這樣簡直可以說是很舒服了。其實這個姿勢只是不那麼難受而已，可他已經覺得算是很舒服了。

我拿牠沒辦法，牠也拿我沒辦法，他心裏想，要是牠一直這樣下去，那就誰也奈何不了誰。

有一回，他站起身來，隔着船舷撒尿，然後又抬眼看看星星，查看自己的航路。釣線從他肩膀上筆直地伸入水中，像一道粼光。魚和船的速度此時都放慢了，哈瓦那的燈光也不那麼明亮，所以他知道海流肯定在把他們帶向東方。如果我看不見哈瓦那炫目的燈光，那我們一定是更靠近東方了，他想。因為如果魚的路線不變的話，我準會有好幾個小時都能看得見燈光。不知道棒球大聯賽今天結果怎樣，他想。幹這行要是有台收音機多美啊。接着他想，別老是惦記這玩意兒，想想自己在幹的事兒吧，千萬別犯蠢。

接着，他大聲說：「那男孩要是在這兒該有多好，可以幫幫我，也見識見識這光景。」

上了年紀的人不該單槍匹馬了，他想。可這是避免不了的。我得記着趁金槍魚還沒壞掉就給吃了，好保持體力。記着，不管你多麼不想吃，早晨也得吃下去。記着，他自言自語地說。

夜裏，兩隻海豚游到小船附近，他能聽見牠們翻騰和噴水的聲音。他能分辨出雄海豚那喧鬧的噴水聲和雌海豚發出的嘆息似的噴水聲。

「牠們真好，」老人說，「嬉戲、打鬧，相親相愛。牠們跟飛魚一樣，是我們的兄弟。」

他開始憐憫起這條被他釣住的大魚來了。牠真是了不起，真是與眾不同，有誰知道牠有多大歲數，他心想。我從來沒有碰上過一條這麼強壯的魚，也沒有見識過這麼奇特的一條魚。牠也許是太聰明了，才沒有往上跳。牠要是跳起來或者横衝直撞，我就完了。不過，也許牠曾經不止一次上過鈎，知道就該這麼對抗。牠哪知道自己的對手只有一個，而且還是個老頭兒。這是條多麼大的魚啊，如果肉質良好，在市場上能賣多大一筆錢啊。牠咬起餌來像條雄魚，拖拽起釣線來也像條雄魚，搏鬥起來沒有一絲驚慌。不知道牠是胸有成竹，還是和我一樣孤注一擲。

他記得有一回曾經釣起過一對大馬林魚中的一條。雄魚總是讓雌魚先吃食，上鈎的那條雌魚驚慌失措，絕望至極，拚命地掙扎，結果不一會兒就精疲力竭了，那條雄魚一直陪伴着牠，越過釣線，和牠一起在水面上轉來轉去。雄魚靠得那麼近，牠的尾巴像鐮刀一樣鋒利，大小和形狀也都像把鐮刀，老人生怕牠的尾巴會將釣線割斷。老人用手鈎把雌魚鈎上來，用棍子打牠，抓住那邊緣如砂紙一般的長嘴，朝牠的頭頂連連打去，直到魚的顏色變成和鏡子背面的顏色差不多，然後，男孩幫他一起把魚拖上船來，這會兒工夫，雄魚一直待在船邊。當老人清理釣線、準備魚叉的時候，雄魚在船側高高地躍到空中，想看看雌魚在甚麼地方，然後牠深深地鑽入水裏，大大地張開紫色的翅膀，也就是胸鰭，身上的紫色寬條紋全都呈現出來。老人記得，牠非常美麗，而且久久不去。

那是我所見過的最令人傷心的一幕了，老人心想，當時男孩也很難過，我們請求那條雌魚原諒我們，當即把牠開膛破肚。

「要是男孩在這兒就好了，」他大聲說，身子靠在船頭那邊緣已經被磨圓的木板上。通過勒在肩膀上的釣線，他能感覺到大魚的力量。那魚一直朝着自己選擇的方向，一刻不停地游着。

是我要的花招迫使牠做出了選擇，老人心想。

牠本來選擇待在黑魆魆的深水裏，遠遠避開一切圈套、陷阱和花招。而我選擇到沒人去過的地方找牠。世界上任何人都沒去過。現在我們給拴在一起了，從中午開始就是這樣。誰也沒有幫手。

也許我不該當漁夫，他想。但是我生來就是幹這個行當的。我一定要記住，天亮後吃掉那條金槍魚。

天亮前的甚麼時候，他身後的釣餌被咬了一下。他聽見釣竿折斷了，那根釣線越過船舷朝外直溜。他摸黑解下帶鞘的刀子，用左肩扛着大魚的全部拉力，身子往後仰，割斷了舷木上的釣線，又割斷了離他最近的另一根釣線，摸黑把這兩根備用釣線的斷頭接在一起。他用一隻手熟練地幹着，打了個牢牢的結，這當兒，他把腳踩在釣線卷上，免得來回移動。現在他有六卷備用釣線了。他剛才割斷的那兩根帶魚餌的釣線各有兩卷備用釣線，被大魚咬鉤的那根釣線上還有兩卷，全都連接在一起。

他想，等天亮了，我得想辦法回到那條魚餌在四十英尋深的釣線邊上，把牠也割斷，接上備用釣線。我會損失兩百英尋長的加泰羅尼亞釣線[9]，都是棒極了的釣線，還有釣鉤和接鉤繩。這些還可以重新添置。可是，萬一釣上了別的魚，把這條魚給弄丢了，拿甚麼來代替呢？我不知道剛才咬餌的是條甚麼魚。有可能是條大馬林魚，或者劍魚，要麼就是鯊魚。我還沒來得及琢磨呢。我得趕緊把牠幹掉。

他大聲說：「我真希望那男孩在這兒啊。」

但是男孩不在你身邊，他想。你只有自己一個人，最好還是想辦法回到最末一根釣線邊上，不管天黑不黑，把牠割斷了，接上那兩卷備用釣線。

他說幹就幹，但在黑暗中不大容易，有一回，那條魚翻騰了一下，把他臉朝下拖倒在地，眼睛下面被劃開了一個口子。鮮血順着臉頰淌下來，還沒流到下巴上就凝固、乾結了。他費了好大勁兒挪到船頭，把身子靠在舷木上。他整了整麻袋，小心地將釣線換到肩上的另一個部位，用雙肩把牠固定住。接着，他又小心地試探了一下魚拖拽的力量，還用手在水裏感覺了一下小船行進的速度。

不知道剛才這魚為甚麼突然顛了一下，他想。一定是金屬接鈎繩滑到了牠那高高隆起的背上。當然，牠的後背不會和我一樣難受。可是，不管牠有多麼了不起，也不可能永遠拖着這條小船游下去。眼下，一切有可能招來麻煩的事情都解決了，而且我還有好多備用釣線；一個人還有甚麼要求呢？

「魚啊，」他輕輕地說出聲來，「我會和你奉陪到底。」

依我看，牠也打算跟我奉陪到底，老人想。他等着天明。破曉之前天氣很冷，他緊貼着舷木取暖。牠能撐多久，我就能撐多久，他暗想。借着天邊露出的第一縷光線，可以看到釣線向外延伸到水中。小船不停地行進着，太陽剛露出一道邊緣，陽光正射在老人的右肩上。

「牠在朝北去呢，」老人說。海流會把我們遠遠地帶向東方，他想。我希望牠會隨着海流改變方向，那樣就說明牠越來越力不可支了。

等太陽升得更高了，老人才意識到大魚並沒有疲倦。只有一個跡象對他有利：釣線的傾斜度說明魚游得更淺了。這不一定意味着牠會跳上來。不過，還是有可能的。

「上帝保佑，讓牠跳吧，」老人說，「我有足夠長的釣線來對付牠。」

要是我把釣線稍微拉緊一點兒，也許牠就會疼得跳起來，他想。既然天已經亮了，就讓牠跳吧，這樣牠脊骨邊上的氣囊會充滿空氣，就不會沉到深海去死了。

他試着拉緊釣線，可是自從這條魚上鈎以來，釣線已經繃得快要斷了，他身子後仰去拉釣線的時候，感覺緊繃繃的，他明白不能再用力了。我千萬不能猛地一拉，他想。每次猛拉一下，釣鈎在魚身上割開的口子就會更大，牠要是真的跳起來，可能就會把釣鈎甩掉。反正太陽出來了，我感覺好多了，而且這回不用盯着太陽。

釣線上掛着黃色的水草，老人知道這只會增大拉力，心裏不免高興起來。正是這種黃色的馬尾藻在夜裏發出強烈的粼光。

「魚啊，」他說，「我喜歡你，也非常尊敬你。不過，今天天黑之前，我要殺死你。」

但願如此，他想。

一隻小鳥從北面朝小船飛來。是一隻刺嘴鶯，在水面上飛得很低。老人看出牠很疲倦。

鳥兒飛到船尾歇歇腳，然後又在老人頭頂上飛了一圈，落在那根釣線上，那兒更舒服些。

「你多大了？」老人問鳥兒，「頭一遭飛到這兒來？」

他說話的當兒，鳥兒看着他。牠太疲憊了，甚至無心細瞧那根釣線，只顧在上面搖搖晃晃地走，用細巧的腳爪緊緊抓住釣線。

「這釣線很牢靠，」老人對牠說，「太牢靠了。夜裏沒有風，你不該這麼累啊。鳥兒這都怎麼啦？」

因為有鷹，他想，鷹會飛到海上捕捉鳥兒。可這話他沒說給鳥兒，反正牠也聽不懂，而且過不了多久就會領教鷹的厲害。

「好好兒歇歇吧，小鳥，」他說，「然後去碰碰運氣，像所有的人或鳥，或者魚一樣。」

說說話能給他鼓勁兒，夜裏他的後背都變得僵直起來，這時候疼得很。

「你要是樂意的話，就待在我家吧，小鳥，」他說，「很抱歉，我不能撐起船帆，趁着正在颳起的微風送你回去。可我總算有個伴兒了。」

正在這時候，那魚猛地一顛，把老人拖倒在船頭，要不是他早有防備，放出一段釣線，可能就被拖下海去了。

釣線陡然一晃，鳥兒飛了起來，老人甚至都沒察覺到牠飛走了。他小心地用右手感覺了一下釣線，發現手上在淌血。

「被甚麼東西刺痛了，」老人大聲說，他把釣線往回拉，看能不能讓魚掉轉方向。拉到快要繃斷的當兒，他穩穩地握住釣線，身子後仰，和釣線上的拉力相抗衡。

「魚啊，現在你也嘗到滋味了吧，」他說，「天知道，我也一樣。」

他環顧四周，尋找那隻小鳥，因為他很想有個伴兒。可鳥兒飛走了。

你沒待多長時間啊，老人想。可你去的地方更加險惡，除非你飛到岸上。我怎麼能被那魚猛地一拉就割破了手呢？我準是變得越來越笨了。要麼大概是因為我只顧着看那隻小鳥，光惦記着牠了。這會兒我得專心幹自己的活計，然後我得吃下那條金槍魚，免得力不從心。

「要是那男孩在這兒，再有點兒鹽就好了。」他大聲說。

他把釣線的份量挪到左肩上，小心地跪下來，在海水裏洗了洗手，他把手放在水裏浸了一分多鐘，看着血在海水裏漂散開去，小船向前行進，水流平緩地拍打着他的手。

「牠游得慢多了。」老人說。

老人巴不得把手在鹽水裏多浸一會兒，可擔心這魚又猛地一顛，於是他站起身，打起點兒精神來，舉起手遮住陽光。只不過是讓釣線勒了一下，割破了皮肉而已。不過，那兒恰好是使勁兒的地方。他知道自己還指望這雙手把事情幹到底呢，他可不想還沒開始就被割傷。

「這會兒，」等手晾乾了，他說，「我得吃那條小金槍魚了。我可以用手鈎把牠鈎過來，在這兒舒舒服服地吃。」

他跪下來，用手鈎鈎住船尾的金槍魚，小心不讓牠碰到那幾卷釣線，把牠朝自己這邊拖過來。他又用左肩扛住釣線，靠左手和左臂牽拉着，然後從手鈎上取下金槍魚，將手鈎放回原處。他把一個膝蓋抵在魚身上，從魚頸到魚尾縱向切割，割下一條條深紅色的魚肉。這些魚塊呈楔形，他從緊靠脊骨的地方一直切到魚肚子邊上。他割下六條，攤在船頭的木板上，在褲子上擦了擦刀子，拎起魚尾巴，把魚骨扔進大海。

「我覺得我是吃不下一整條的，」他說着用刀子把其中一條肉橫切成兩段。他能感覺到那根釣線一直緊緊地牽拉着，而且他的左手抽起筋來。那隻手緊拉着沉重的釣線，他厭惡地瞧了瞧。

「這叫甚麼手啊，」他說，「隨你去抽筋吧。變成爪子好了。這對你可沒甚麼好處。」

來吧，他想，低頭看看黑魆魆的海水裏那傾斜的釣線。這就吃下去吧，給手長點兒力氣。不能怪這隻手不好，你已經跟這條魚耗了好多個鐘頭了。沒問題，你能跟牠奉陪到底。現在就把金槍魚吃掉吧。

他拿起一塊放在嘴裏，慢慢地咀嚼。味道並不壞。

細嚼慢嚥，他想，把汁水都吃下去。要是加上一點兒酸橙或檸檬，或者加點兒鹽，味道應該不錯。

「手啊，你感覺怎麼樣？」他問那隻抽筋的手，現在那手僵硬得如同死屍一般，「為了你，我再吃點兒。」

他把切成兩塊的那條魚肉的另外一半也吃了下去，細細地咀嚼一番，然後把魚皮吐了出來。

「手啊，你感覺怎麼樣？還是為時過早，沒法兒知曉？」

他又拿起一整條魚肉嚼起來。

「這條魚很結實，血氣旺盛，」他想，「我運氣真不錯，捉到了牠，而不是鯕鰍。鯕鰍味道太甜。這魚幾乎沒有一點兒甜味，力氣還全在裏面。」

除了講究實際，別的都沒有甚麼意義，他想。要是有點兒鹽就好了。我拿不準太陽會把剩下的魚肉曬乾，還是曬得爛掉，所以最好全都吃下去，雖然我並不餓。這條大魚很平靜，也很安穩。我吃個乾乾淨淨，就能準備好對付牠了。

「手啊，你忍耐一下吧，」他說，「我這麼做全是為了你啊。」

我希望能餵餵這條大魚，他想。牠是我的兄弟。可我必須殺死牠，為了這個還得養精蓄銳。他不慌不忙，一心一意地吃下了所有的楔形魚條。

他直起身來，在褲子上抹了抹手。

「好了，」他說，「手啊，你可以放開釣線了，我要單用右胳膊來對付牠，直到你不再搗亂。」他用左腳踩住剛才攥在左手裏的沉重的釣線，身子向後傾，用背部來承受釣線的拉力。

「上帝保佑我，讓我別再抽筋了，」他說，「因為我不知道這魚還要怎麼着。」

不過牠似乎很平靜，他想，好像在按自己的計劃行動。可牠有甚麼打算呢，他想。我又有甚麼打算？牠個頭兒大，我必須隨機應變，順應牠的計劃。如果牠跳上來，我就能殺死牠，可牠始終待在下面，那我就只好奉陪到底。

他把那隻抽筋的手在褲子上擦了擦，想讓手指鬆動鬆動。可手就是張不開。也許太陽出來手就能張開了，他想。也許等大有補益的生金槍魚肉消化了之後才能張開。要是我非得用這隻手不可，就一定要張開它，不惜任何代價。但我現在不想硬要把它打開。讓它自己張開，自己恢復過來吧。昨天夜裏我畢竟把這隻手用得過度了，那會兒我不得不解開好幾根釣線。

他的目光掠過海面，這才發覺此刻自己有多麼孤單。他可以看見黑魆魆的深海裏折射出的七色光彩，向前伸展的釣線，還有平靜的海面上那不同尋常的波瀾。這時，信風把雲朵聚攏起來，他向前望去，只見一群野鴨在水面上飛，在天空的映襯下顯出清晰的輪廓，一會兒又模糊起來，一會兒又變得清晰，於是他想到，在海上，任何人都不會孤身隻影。

他想起有些人駕一葉小舟駛到望不見陸地的地方會感到害怕，他知道，這在天氣會突然惡化的那幾個月份是有道理的。而現在正是颱風季節，在颱風季節，不颳颱風的時候天氣是一年中最好的。

如果颱風將至，幾天之前在海上就能看到天空中有種種徵兆。岸上的人是看不到的，因為他們不知道該看甚麼，他想。陸地上一定也有異常之處，雲彩的形狀會有變化。不過，眼下不會有颱風來臨。

他望了望天空，只見白色的積雲像是一團團誘人的冰激淩，高高的上空是薄如羽翼的卷雲，映襯在九月高遠的天際上。

「微風起來了[10]，」他說，「魚啊，這天氣對我比對你更有利呢。」

他的左手還在抽筋，但正在慢慢鬆開。

我討厭抽筋，他想。這是跟自己的身體過不去。因為食物中毒，當着別人的面拉肚子或者嘔吐是很丟臉的。而抽筋呢，他腦子裏想到的是calambre[11]這個詞，抽筋則是對自己的羞辱，特別是一個人獨處的時候。

要是男孩在這兒，就能替我揉揉，從前臂往下疏通疏通，他想。不過這手總會鬆開的。

接着，他的右手感到釣線的拉力有了變化，他這才發現釣線在水裏的傾斜度也變了。他身子向後仰靠在釣線上，左手快速地使勁兒拍打大腿，他看見釣線在慢慢向上傾斜。

「牠要上來了，」他說，「手啊，你快點兒啊。快點兒張開吧。」

釣線慢慢地、穩穩地不斷上升，接着，小船前方的海面鼓了起來，大魚露出了水面。牠不停地向上冒，海水從牠的兩側直瀉而下。在陽光的照射下，大魚亮閃閃的，頭部和後背呈深紫色，兩側的條紋在陽光裏顯得寬寬的，帶着淡紫色。牠那劍狀的嘴足有棒球棒那麼長，由粗而細，活像一把輕劍。牠整個兒鑽出了水面，隨後又鑽入水中，動作像潛水員一樣流暢，老人看見牠那大鐮刀般的尾巴沒入海水，釣線開始向船外飛竄。

「牠比我的小船還長兩英尺哪。」老人說。釣線向外出溜得很快，但也很平穩，這表明大魚並沒有驚慌。老人設法用雙手拉住釣線，用的力氣剛好不會讓釣線繃斷。他知道如果不能穩穩當當地讓大魚慢下來，牠就會把釣線全都拖走，並且拉斷。

這是條大魚，我一定得制服牠，他想。我決不能讓牠感覺到自己的力量有多大，如果牠奮力逃跑會有多大能耐。我要是牠，就會使出全身的力氣逃脫，直到把釣線扯斷。不過，謝天謝地，牠們沒有我們這些要置牠們於死地的人聰明，儘管牠們更高貴，也更能幹。

老人見過很多大魚。他見過不少重量超過一千磅的，還逮住過兩條這麼大的魚，不過從來都不是單槍匹馬。而現在，他獨自一人，看不見陸地的影子，和一條他所見過的最大的魚牢牢拴在一起，這魚比他見到或聽説過的任何一條魚都大，而且他的左手還緊縮着，像拳曲的鷹爪。

不過，它總會鬆開的，他想。它總會復原，給右手幫幫忙的。這三樣東西如同兄弟一般：那條魚和我的兩隻手。這手一定得鬆開。真沒用，竟然抽筋了。魚又慢了下來，以牠慣常的速度向前游。

我真搞不懂牠剛才為甚麼跳起來，老人想。牠那麼一跳，簡直就是為了讓我瞧瞧牠的個頭兒有多大。不管怎麼説，我現在明白了。真希望我能讓牠看看我是怎樣一個人。不過那樣的話牠就會發現這隻抽筋的手了。就讓牠以為我比真正的自己更有男子氣概吧，我能做到的。但願我是這條魚，他想，用自己擁有的一切，所要對抗的僅僅是我的意志和智慧。

他舒舒服服地靠在木板上，忍受着一陣陣襲來的疼痛，那條魚還在穩穩地游着，小船在黑魆魆的海水裏緩緩前進。東邊吹來的風在海面上掀起小小的波浪。中午時分，老人的左手不再抽筋了。

「魚啊，這對你來説可不是好消息。」他説着把釣線在肩上的麻袋上面挪動了一下位置。

他感到很舒服，但也很痛苦，雖然他根本不承認有甚麼痛苦。

「我不是個虔誠的教徒，」他說，「不過我要唸上十遍《天主經》，十遍《聖母經》，好讓我逮住這條魚。我保證，如果我能捉住牠，一定去朝拜科伯聖母。我說到做到。」

他開始刻板地唸起祈禱文來，有時候竟然累得連祈禱詞都忘了，於是他唸得很快，這樣就能順口唸出來。唸《聖母經》比唸《天主經》容易些，他想。

「萬福馬利亞，你充滿聖寵，主與你同在。你在婦女中受讚頌，你的親子耶穌同受讚頌。天主聖母馬利亞，求你現在和我們臨終時，為我們罪人祈求天主。阿門。」接着他又加上兩句：「萬福聖母馬利亞，為這條魚的死亡祈禱吧，儘管牠非常了不起。」

祈禱完了之後，他心裏感覺好多了，但身體仍舊像剛才一樣痛苦，興許還有增無減。他背靠着船頭的木板開始機械地活動起左手的手指。

此時，雖然微風徐來，但太陽的熱力卻很強勁。

「我還是給垂在船尾外頭的那條小釣線重新裝上魚餌的好，」他說，「如果這魚打算再堅持一個晚上，我就得再吃點兒東西了，再說，瓶裏的水也不多了。我看這兒除了鯕鰍甚麼也弄不到。不過，要是趁着新鮮的時候吃，味道也不錯。但願今天夜裏能有一條飛魚跳上船來。可我沒有燈光來引誘牠們。飛魚生吃味道好極了，而且也不用切開。我現在得保存所有的氣力。天哪，我真沒想到牠居然有這麼大。」

「我要殺死牠，」他說，「不管牠有多麼了不起，多麼神氣十足。」

不過這不公平，他想。可我要讓牠看看，一個男子漢有多大能耐，一個男子漢能忍受多大的痛苦。

「我告訴過那個男孩，我是個不一般的老頭兒，」他說，「現在是我必須證實這話的時候了。」

他已經證實過上千次了，但那算不了甚麼。眼下他正要再證實一次。每一回都是全新的感受，他在身體力行的時候從來不會回想過去。

但願牠會睡着，這樣我就能睡上一覺，夢見獅子。為甚麼獅子成了剩下的主要念想了？別想了，老傢伙，他自言自語道。就這麼輕輕地靠在木板上歇息吧，甚麼也別想。牠正在賣力氣呢。你盡量少費勁兒吧。

時間已近午後，小船仍舊在穩穩地緩慢行進。但是微微吹來的東風給小船增加了阻力，老人乘着細小的波浪，輕悠悠地漂流。勒在後背上的釣線帶給他的疼痛也變得舒緩起來。

到了下午，有一回釣線又升了上來，不過魚只是在稍高一點兒的地方繼續游罷了。太陽照在老人的左胳膊、肩膀和後背上，據此他知道魚已經轉向東北方向了。

這條魚他已經看見了一次，可以想像出魚在水裏游動的樣子，牠那紫色的胸鰭像翅膀一樣張得大大的，筆直的大尾巴劃破黑沉沉的海水。不知道牠在那麼深的地方能看見多少，老人想。牠的眼睛好大，馬的眼睛要小得多，可也能在黑暗裏看得見東西。以前我在黑暗中可以看得清清楚楚，但不是在漆黑一團的地方。那時候我的眼睛簡直能趕上貓。

有陽光的照射，再加上他不斷活動手指，他的左手一點兒都不抽筋了，他開始把更大的拉力轉移到左手。他聳聳後背的肌肉，好讓釣線帶來的傷痛換個位置。

「魚啊，你要是還不累，」他大聲說，「那你一定是很不一般。」

此時，他感到非常疲乏，而且他知道夜晚很快就會來臨。他努力去想點兒別的甚麼。他想到了棒球的兩大聯賽，用他的話來說就是 Gran Ligas[12]。他知道紐約的揚基隊正和底特律的老虎隊有一場比賽。

聯賽已經進入第二天，可我還不知道比賽[13]結果如何，他想。我一定要有信心，要對得起了不起的迪馬吉奧，他無論做甚麼都完美無缺，即使腳後跟長了骨刺，感到疼痛，也不在話下。骨刺是甚麼東西？他問自己。Un espuela de hueso[14]。我們不長那玩意兒。疼起來會不會像鬥雞腳上的距鐵扎進腳跟那樣？我想我忍受不了那種疼痛，也不能像鬥雞那樣，被啄瞎了一隻或者兩隻眼睛還能戰鬥下去。和那些英勇無畏的鳥獸相比，人算不得甚麼。可我還是情願做那個待在黑暗的深水裏的傢伙。

「除非有鯊魚要來，」他大聲說，「要是鯊魚來了，但願天主憐憫我和牠吧。」

你覺得了不起的迪馬吉奧會守着一條魚，就像我守着這條魚一樣，堅持這麼久嗎？他想。我敢肯定他會的，而且會堅持更長時間，因為他年輕力壯，何況他父親也是個漁夫。可是，骨刺會不會讓他疼得厲害？

「我說不上來，」他大聲說，「我從沒長過骨刺。」

太陽落下去的時候，為了給自己打氣，他想起了那次在卡薩布蘭卡[15]的一家小酒館裏，他跟一個從西恩富戈斯[16]來的大塊頭黑人比手勁，那個黑人是碼頭上力氣最大的。整整一大一夜，他們倆把胳膊肘撐在桌面那道粉筆線上，前臂伸直，兩隻手緊緊握在一起。兩人都試圖把對方的手壓倒在桌面上。不少人都下了賭注。煤油燈下，人們進進出出。他一直盯着那個黑人的胳膊、手和臉。相持八個小時之後，他們每四個小時換一次裁判，好讓裁判有時間睡覺。血從他和那個黑人的指甲縫裏滲了出來，他們倆都死死地盯着對方的眼睛、手和前臂，那些下了賭注的人走進走出，坐在靠牆的高腳椅上觀看。牆壁是木製的，漆成明亮的藍色，燈光把他們兩人的影子投射到牆上。黑人的影子大得出奇，隨着微風吹動燈盞，巨大的影子在牆上搖曳。

整個晚上，兩個人風水輪流轉，人們把朗姆酒送到那個黑人嘴邊，給他點燃香煙。朗姆酒一下肚，那黑人就會拚命使勁兒，有一回他把老人的手扳下去將近三英寸，那時候的老人還不是老人，而是「冠軍」聖地亞哥[17]。但是老人又把手扳了回來，兩人成了平手。當時，他有把握擊敗黑人，那是個好樣的黑人，一個了不起的運動員。天亮時，打賭的人要求把比賽定為平局，可裁判卻直搖頭，老人用足了力氣，硬是把黑人的手一點點往下扳，直到落在木頭桌面上。比賽從星期天早上開始，一直到下個星期一早上才結束。好多打賭的人要求算作平局，因為他們得到碼頭上去幹活兒，把成袋的蔗糖裝上船，或者到哈瓦那煤行去上工。其實人人都想讓比賽有始有終。可不管怎麼說，他結束了這場角逐，而且是趕在大家必須去幹活兒之前。

打那以後好一陣子，人人都管他叫「冠軍」，春天裏他們又進行了一場比賽。

不過這次賭注下得不多，他輕而易舉就贏了，因為在第一場比賽中，那個來自西恩富戈斯的黑人被他打垮了自信心。後來他又比賽過幾次，就不再參加了。他堅信，只要自己一心想要做到，就能打敗任何人，他也確信不疑地認為，扳手腕對用來釣魚的右手不大好。在幾次練習賽中，他曾經試着用左手，可他的左手總是不聽使喚，不怎麼得力，他對左手毫無信賴可言。

這會兒太陽能好好曬曬我這隻手，他想。除非夜裏冷得太厲害，它該不會再抽筋了。真不知道夜裏會發生甚麼事。

一架飛機從他頭頂上飛過，沿着航線前往邁阿密，他眼看着飛機的影子驚起一群群飛魚。

「有這麼多飛魚，應該有鯕鰍才對。」他一邊説着一邊把身子向後仰，靠在釣線上，看能不能把魚拉近一些。可是不行，釣線緊繃繃的，上面顫動着水珠，馬上就要繃斷的樣子。小船緩緩前行，他望着那架飛機，直到看不見為止。

坐在飛機裏一定會覺得很新奇，他想。不知道從那麼高的地方望下來，大海是甚麼樣子？要是他們飛得不是太高，一定能從空中清楚地看到魚。在捕龜船上的時候，我待在桅頂橫杆上，在那麼高的地方甚至也能看到不少東西。從那兒往下看，鯕鰍的顏色顯得更綠，你能看見牠們身上的條紋和紫色斑點，還有游動着的整個魚群。為甚麼在黑沉沉的海流中飛快游動的魚，背部都是紫色的，而且一般來説都有紫色條紋或斑點？鯕鰍看上去是綠色的，這當然是因為牠們實際上是金黃色的。不過，當牠們實在餓極了要吃食的時候，身體兩側會現出紫色條紋，跟大馬林魚一樣。這是因為牠們惡狠狠的，還是因為速度更快，才呈現出條紋來呢？

天快黑的時候，魚和船經過好大一片馬尾藻，那片馬尾藻在微波動盪的海面上飄搖，彷彿大海和甚麼東西在黃色的氈子下面做愛，就在這時，老人那根細釣線被一條鯕鰍咬住了。他第一次看見那條鯕鰍是在牠躍出水面的時候，在最後一縷陽光的照射下，牠呈現出真金一般的顏色，在空中狂亂地掙扎搖擺。那條鯕鰍驚慌得一次次躍出水面，好像在做雜技表演。老人費力地挪到船尾，蹲下身子，用右手和右臂拽着粗釣線，左手把鯕鰍往回拉，每扯回一段釣線，就用赤着的左腳踩住。等魚到了船尾，絕望地來回亂躥亂跳，老人探出身去，把這條帶着紫色斑點，金光燦燦的鯕鰍拎進船裏。那魚的嘴在鉤子上抽搐一般急促地張合不停，又長又扁的身體、尾巴和腦袋在船底亂撞一氣，直到老人用木棍猛擊那金閃閃的魚頭，牠才顫抖一陣，紋絲不動了。

老人把魚從鈎子上取下來，又裝上一條沙丁魚做魚餌，扔進海裏，然後他慢慢挪到船頭。他洗了洗左手，在褲子上擦乾。他把沉重的釣線從右手換到左手，又在海水裏洗了洗右手，這當兒，他眼裏望着太陽沉入大海，還有那斜入水中的粗釣線。

「牠還是老樣子，一點兒沒變。」老人說。不過，他觀察着拍打在手上的水流，發覺船走得明顯慢了。

「我來把兩隻槳橫綁在船尾，這樣一來，夜裏就能讓牠慢下來，」他說，「牠能熬夜，我也行。」

最好待會兒再把這條鯕鰍開膛剖肚，好讓血留在魚肉裏，他想。我可以等會兒再幹，那時候也把船槳捆上，增加阻力。眼下還是讓這魚安靜些好，日落時分最好別太驚擾牠。太陽落下去的時候，所有的魚都不大好過。

他在空氣中晾乾了手，然後握住釣線，盡量放鬆身體，抵在木板上，聽任釣線把自己往前拉，這樣，小船就能承載和他一樣大的拉力，甚至更多。

我在學着怎麼對付牠，他想。至少在這方面。再說，別忘了牠從上鈎以後還沒吃過東西，而且牠體型如此龐大，需要吃大量食物。我已經吃了一整條金槍魚，明天吃那條鯕鰍。他管鯕鰍叫「黃金魚」[18]。也許我清理魚腸的時候就該吃點兒。牠可比金槍魚難吃，不過，話又說回來了，甚麼都不容易。

「魚啊，你感覺怎麼樣？」他大聲問道，「我感覺不錯，左手好多了，還有夠我吃上一天一夜的東西。魚啊，你就拖着這條船吧。」

其實他並不好受，勒在背上的釣線帶給他的疼痛幾乎已經不僅僅是疼痛了，而是成了一種麻木，這是他預感到的。不過，比這更糟糕的情況我也碰上過，他想。我的一隻手只不過是割破了一點兒，另一隻手已經不再抽筋了。我的兩條腿都沒事兒。而且在保持體力方面也比牠強。

此時，天已經黑了，九月裏，太陽一落，天就黑得很快。他背靠着船頭已經磨損的木板，盡量讓自己放鬆休息。第一批星星出來了。他不知道其中一顆叫做 Rigel[19]，但他一看到那顆星，就知道所有的星星很快全都會露面，這些相距遙遠的朋友又來和他相伴了。

「這條魚也是我的朋友，」他大聲說，「我從來沒見過，也沒聽說過這樣一條魚。不過我必須殺死牠。幸虧我們用不着非得殺死那些星星。」

想想看，要是每天都有人必須設法殺死月亮會怎麼樣，他想。月亮會逃走的。不過再想想看，要是每天都有人不得已去設法殺死太陽又會怎樣？我們生來還算是幸運的，他想。

接着，他又為這條沒有東西吃的大魚感到難過，但傷心歸傷心，他還是決定殺死牠。牠能夠多少人吃啊，他想。可是他們配吃嗎？不配，當然不配。牠的舉止風度何等高貴，牠的尊嚴何等偉大，誰也不配吃牠。

這些我實在搞不懂，他想。幸好我們不必非得去殺死太陽或月亮，或者星星。在海上過活，殺死我們真正的兄弟，已經夠受的了。

眼下我得琢磨琢磨阻力的問題，他想。這有利有弊。如果牠生拉硬拽，再加上船槳造成的阻力，小船就沒有那麼輕巧了，我可能會放出很長的釣線，而且會讓牠跑掉。小船很輕巧，這就延長了我們雙方的煎熬，不過這一點有助於我的安全，因為這魚游起來速度驚人，牠還沒完全施展出來呢。不管發生甚麼事情，我必須給這鮮鰍開膛剖肚，免得壞掉，還得吃點兒魚肉長長力氣。

現在我要再休息一個小時，感覺一下牠是不是安穩，然後再到船尾做這件事兒，還得決定對策。這段時間，我還能看看牠有甚麼動靜，有沒有變化。用船槳增加阻力是個好辦法；不過現在到了穩紮穩打的時候了。這條魚還是很了不得，我看見釣鈎掛在牠的嘴角，牠把嘴巴閉得緊緊的。魚鈎帶來的折磨算不了甚麼。飢餓的煎熬，還有對跟自己較量的對手一無所知，這才是最要命的。老傢伙，先歇歇，讓牠賣力氣吧，等輪到你上陣的時候再說。

他自己估摸歇了兩個鐘頭。月亮得等到很晚才會出來，他沒法判斷時間。其實他也算不上是休息，只能說是相比較而言放鬆了一點兒。他的肩膀仍然承受着魚的拉力，不過他把左手放在船頭的舷木上，越來越多地讓小船本身和大魚的拉力相抗衡。

要是能把釣線固定住，事情該會多麼簡單啊，他想。可是那樣的話，大魚只要稍一掙扎，釣線就會繃斷。我必須用自己的身體來緩衝釣線的拉力，雙手隨時準備放出一段釣線。

「可是，老傢伙，你還一點兒沒睡過呢，」他大聲說，「已經過去半天一夜，現在又是一天了，可你一直沒睡覺。牠要是老老實實，安安靜靜，你就得想法兒睡上一會兒。如果你不睡覺，腦子可能會糊裏糊塗。」

我的腦子夠清醒的，他想。太清醒了。跟星星我這些兄弟們一樣清醒。可我還是必須睡覺。牠們睡覺，月亮和太陽也睡覺，甚至在波瀾不驚、風平浪靜的時候，連大海也會睡覺。

可別忘了睡覺，他想。一定得讓自己睡上一覺，想個簡單可靠的辦法安置這些釣線。現在回去收拾那條鯕鰍吧。如果一定要睡的話，把船槳綁起來增大阻力就太危險啦。

不睡覺我也能行，他對自己說。可是這太危險了。

他開始手膝並用爬回船尾，小心不猛拉釣線驚動那條魚。那魚自己可能已經半睡半醒了，他想。不過，我可不想讓牠休息。牠必須這麼拖着小船，一直到死。

回到船頭，他轉了個身，好用左手攥住緊緊勒在肩上的釣線，右手從刀鞘裏拔出刀子。這時候，星星很明亮，他能清楚地看見那條鯕鰍。他把刀刃插進魚頭，把牠從船尾下方拖出來。他用一隻腳踩在魚身上，一下子就從肛門直剖到下頜的尖端。然後，他放下刀子，用右手掏出內臟，掏得乾乾淨淨，把魚鰓也全都拽掉了。他感覺魚胃拿在手裏沉甸甸、滑溜溜的，就把牠剖開，裏面有兩條飛魚。兩條魚都硬挺挺的，還很新鮮，他把兩條魚並排放在一起，將魚腸和魚鰓從船尾丟進海裏。這些東西沉入大海的時候，在海水裏拖出一道粼光。鯕鰍冷冰冰的，在星光下呈現出痲瘋病人一般的灰白色。老人用右腳踩住魚頭，剝下一側的魚皮，接着又把魚翻轉過來，剝掉另一側的皮，然後把兩側的魚肉從頭到尾割下來。

他把魚骨頭順着船舷滑進海裏，留神看它會不會在水裏打轉。但是，他只看見了魚骨慢慢下沉時的粼光。他回轉身，把兩條飛魚夾在兩片魚肉中間，將刀子插回刀鞘，自己又慢慢挪到船頭。緊勒的釣線讓他的後背弓了起來，他右手裏還拿着魚肉。

回到船頭，他把兩片魚肉攤在船板上，飛魚擱在一邊。他把斜勒在肩上的釣線換了個地方，又用左手抓住釣線，把手放在船舷上。然後，他從船舷探出身去，把飛魚在海水裏洗了洗，留心看衝擊在手上的水流有多快。他的手剝過魚皮，所以粼光閃閃，他注意觀察水流怎樣沖刷他的手。水流不那麼急了，他把手的一側在船板上蹭了蹭，星星點點的粼光浮蕩開去，慢慢漂向船尾。

「牠越來越累了，要不就是在歇息，」老人說，「現在我來吃掉這條鯕鰍，歇一下，睡上一會兒吧。」

星光下，夜越來越涼了，他吃了半片鯕鰍肉，還有一條去掉內臟和腦袋的飛魚。

「鯕鰍燒熟了吃味道棒極了，」他說，「生吃可真糟糕。以後上船出海我一定得帶上鹽和酸橙。」

我要是有腦子，就會一整天不斷把海水潑在船頭，乾了就會變成鹽，他想。不過，話又說回來了，我是在太陽快落下的時候才釣到這條鯕鰍的。不管怎麼說也是準備不周。我還是細嚼慢嚥吃下去了，也沒有反胃作嘔。

東邊的天空佈滿了雲彩，他叫得上名的星星也一顆顆隱沒了。他彷彿正駛入一個雲彩堆疊的大峽，此時，風也息了。

「三四天裏天氣就會變壞，」他說，「不過今天夜裏和明天還不要緊。老傢伙，準備好，睡上一會兒吧，趁這魚平靜安穩的時候。」

他右手緊緊攥着釣線，用大腿抵住右手，把全身的重量都壓在船頭的木板上。接着，他把勒在肩上的釣線往下移了一點兒，用左手撐着。

只要把釣線撐緊，我的右手就能攥住牠，他想。睡着的時候，如果釣線鬆開了，往外出溜，我的左手就會把我弄醒。這樣右手就吃苦頭了，不過牠已經習慣了。我哪怕只睡上二十分鐘或者半個小時也好。他俯身向前，用整個身子夾住釣線，身體的全部重量都落在右手上，接着他就睡着了。

他沒有夢見獅子，卻夢見了一大群海豚，有八到十英里那麼寬廣，時值交配季節，牠們不斷地高高躍到空中，再落進騰空一躍時在海水中留下的水渦裏。

接着他又夢見在村子裏自己躺在床上，北風強勁，周身寒冷，自己的右臂都麻木了，因為他把頭枕在那上面，而不是在枕頭上。

後來他又夢見那條長長的黃色海灘，看見第一頭獅子在黃昏時分下到海灘上，接着別的獅子也來了，他把下巴擱在船頭的木板上，船拋下錨停泊在那裏，晚風習習吹向海面，他等着看有沒有更多的獅子來，心情很愉快。

月亮升起已經好一陣子了，可他還在睡着，大魚平穩地拖着小船，駛進雲彩形成的隧道。

他醒過來是因為自己的右拳猛地砸在臉上，釣線從右手滑出去，讓他感到火辣辣地疼。左手毫無知覺，他用右手拚命拉住了釣線，可釣線還是一個勁兒往外出溜。左手終於找到了釣線，他仰起身子抵住那釣線，這一來他的後背和左手被勒得火燒火燎一般疼痛，現在是左手承受全部的拉力，真像是被刀割一樣生疼。他回頭看看，那幾個釣線卷正流暢地放出線去。就在這時候，大魚一躍而起，掀起巨大的海浪，又重重地落了下去。接着，牠又一次次跳起來，雖然釣線飛快地往外溜，小船的速度還是很快，老人把釣線拉得緊緊的，都快綳斷了，並且一次次到了快要斷裂的臨界點。老人被死死地拖倒在船頭，他的臉貼在那片鯕鰍肉上，動彈不得。

等的就是這個，他想，現在我們來大顯身手吧。

牠得為拖走釣線付出代價，他想，讓牠為這個付出代價吧。

他看不見魚一次次躍起，只聽見海水迸裂的聲音，還有魚落下時水花的巨響。釣線飛快地往外出溜，他的雙手彷彿刀割一般疼痛，不過他早有預料，就盡量讓釣線勒在長繭的部位，不讓牠滑到手掌或者劃傷手指。

要是那個男孩在這兒，他會打濕這些成卷的釣線，老人想。是啊，要是那個男孩在這兒。要是那個男孩在這兒。

釣線不斷地向外溜啊溜，不過現在慢了下來，他正在讓魚為牠拖走的每一英寸釣線付出代價。這時候，他從木板上，從被他的臉壓碎的那片魚肉上抬起頭來。然後，他雙膝着地，慢慢地站起身來。他還在放出釣線，但是越來越慢了。他慢慢挪到成卷的釣線那裏，那些釣線他只能用腳去觸摸，眼睛卻看不到。釣線還充足得很，現在這魚不得不克服更大的摩擦力，拖着更長的釣線在水裏游。

沒錯兒，他想，現在牠已經跳了十幾次了，背囊裏充滿了空氣，不可能再潛到深海裏，死在我沒法把牠弄上來的地方。牠不一會兒就會開始兜圈子，那時候我一定得對付牠。真不知道牠為甚麼突然間驚跳起來。興許是因為飢餓而不顧一切，還是在夜裏受了甚麼驚嚇？可能是牠突然感到驚恐。不過牠這麼平靜，這麼強壯，彷佛是無所畏懼，信心十足。牠真是不同尋常。

「老傢伙，你最好也能做到無所畏懼，信心十足，」他說，「你又把牠控制住了，不過你沒法收回釣線。但是很快牠就會開始兜圈子了。」

老人用左手和肩膀拖住大魚，彎下腰去，用右手舀水洗掉黏在臉上的碎鯕鰍肉。他怕被這東西弄得噁心嘔吐，喪失體力。洗過臉，他又把右手伸到船舷外在海水裏洗了洗，就這麼在鹽水裏泡着，一面望着太陽升起之前的第一線曙光。魚差不多是在朝東游，他想。這說明牠已經累了，正在隨波漂流。一會兒牠就得兜圈子了，那時候才真要勁兒呢。

等他覺得右手泡在水裏時間已經夠長了，就抽回來，瞧了瞧。

「還不賴，」他說，「這點兒疼痛對男子漢來說不算甚麼。」

他小心地攥着釣線，好不讓牠嵌進剛勒破的傷痕裏，他把重心換了個位置，這樣就能把左手伸進小船另一側的海水裏。

「你這沒用的東西，總算還不是太差勁，」他對着自己的左手說，「不過，有那麼一陣子，你一點兒忙都沒幫上。」

為甚麼我生來沒有兩隻好手呢？也許是我自己的過錯，沒有好好訓練這隻手。

天知道牠有足夠的機會可以有所長進。可牠今天夜裏表現得還不賴，只抽了一次筋。如果再抽筋，就讓釣線把牠勒斷算了。

想到這裏，他知道自己的腦子不怎麼清醒了，他想起應該再吃點兒鰹鰍肉。但是不能吃，他對自己說。就是暈頭脹腦，也不能因為噁心嘔吐喪失力氣。況且我知道，就是吃下去也擱不住，因為剛才我的臉挨在上面了。留到萬不得已的時候再吃吧，只要沒有壞掉。可現在靠補充營養增加體力已經太晚了。你真是蠢透了，他對自己說，把另一條飛魚吃掉就是了。

那條飛魚就擱在那兒，已經收拾乾淨，隨時都可以吃。他用左手拿起來，細細地嚼着魚骨頭，連尾巴也不剩，全都吃了下去。

這幾乎比任何魚都更有營養，他想。至少能長力氣，我正需要這個。現在我能做的一切都已經做了，他想。讓牠開始兜圈子吧，讓我們開始交鋒吧。

從他出海以來，太陽第三次升起的時候，魚開始兜圈子。

根據釣線傾斜的角度，他還看不出魚在兜圈子。這還為時尚早。他只是感覺釣線上的拉力稍稍減輕，就開始用右手輕輕地拽。像以往一樣，釣線繃緊了，不過，就在快要繃斷的當兒，釣線卻開始往回收了。他輕快地把頭和肩從釣線下面撤出來，開始把釣線往回收，動作又輕又穩。他兩隻手左右擺動，身體和雙腿也來幫忙，使出全身力氣拽那根釣線。他的兩條老腿和肩膀也隨着搖擺的雙手來回轉動。

「好大的圈子，」他說，「不過牠總算在兜圈子了。」

接下來，釣線不能再往回收了，他緊緊握在手裏，直到看見釣線在陽光下迸出水珠兒來。隨後釣線又開始往外出溜，老人跪下來，很不情願地讓牠回到黑魆魆的海水裏。

「牠繞到圈子那頭去了，」他說。我一定要拚命拽住，他想。每拽緊一次，牠兜的圈子就會縮小一點兒。也許等過了一個小時，我就能看見牠。眼下我一定要制服牠，接着我一定要殺死牠。

這條魚繼續慢慢地兜圈子，兩個小時後，老人大汗淋漓，累得骨頭都快散架了。不過，這時候圈子已經小多了，從釣線傾斜的角度來看，那魚一邊游一邊慢慢往上浮。

一個小時以來，老人眼前一直浮動着黑點子，汗水刺痛了他的眼睛還有眼睛上方和額頭上的傷口。他並不擔心那些黑點子。他這麼使勁兒地拽着釣線，眼前出現黑點子是正常的。可是，他有兩回感到頭昏眼花，這讓他有些擔憂。

「我可不能不爭氣，就這樣死在一條魚跟前，」他說，「既然我已經讓牠乖乖地過來了，老天就保佑我挺下去吧。我要唸上一百遍《天主經》，還有一百遍《聖母經》。不過眼下可不行。」

就當做是唸過了吧，他想。我以後會補上的。

就在這當兒，他覺得自己用雙手緊緊攥住的釣線被猛地一撞又一拽，來勢兇猛，感覺硬邦邦、沉甸甸的。

牠正用長矛一樣的嘴撞擊金屬接鈎繩，他想。這是免不了的。牠不得不這樣幹。不過這樣一來也許會讓牠跳起來，我情願讓牠接着打轉。牠必須跳出水面來呼吸，可每跳一次，釣鈎劃出的傷口就會裂得更大一些，牠就有可能脫鈎逃走。

「魚啊，別跳了，」他說，「別跳啦。」

那魚又接連幾次撞擊金屬接鈎繩，牠一甩頭，老人就放出一小段釣線。

我必須讓牠老是疼在一個地方，他想。我的疼痛沒甚麼大不了的，我能控制住。但牠的疼痛會讓牠發瘋。

過了一會兒，那魚不再撞擊金屬接鈎繩，又慢慢打起轉來。老人現在可以穩穩地把釣線往回收了。可是他又開始感到頭暈。他用左手舀了些海水淋在頭上，然後又淋了一些在脖頸後面揉擦着。

「我沒抽筋兒，」他説，「牠很快就會浮上來，我得挺住。必須得堅持住，這壓根兒就用不着説。」

他靠着船頭跪下，這會兒暫且又把釣線挎在後背上。眼下，趁牠兜圈子的時候，我歇息一會兒，等牠轉回來我再站起來對付牠。他就這麼決定了。

他巴不得在船頭歇上一會兒，不往回收釣線，讓那條魚自顧自地兜圈子去。可是釣線上的拉力表明魚正轉身朝小船這邊游回來，老人站起身，開始左右轉動，雙手像織布一樣來回扯啊拽啊，把所有能拉回來的釣線都收起來。

我從來沒有這麼累過，他想，現在信風颳起來了，不過正好能借助風力把牠弄上來。我太需要這風了。

「牠下一次往外面兜圈子的時候，我要歇歇了，」他説，「我感覺好多了。等牠再兜兩三圈，我就能制服牠。」

他的草帽戴得很靠後，他感覺魚在轉身，結果釣線一扯，他一屁股跌坐在船頭。

魚啊，你忙活吧，他想。等你轉身的時候我再收拾你。

海浪大了許多。不過這是晴和天氣裏的微風，他指望這風把他送回去呢。

「我只要向西南方向划就行，」他說，「男子漢絕不會在海上迷路的，何況這是個長長的島嶼[20]。」

他第一次看到那魚，是在牠兜到第三圈的時候。

他最先看到的是一個黑色的影子，那影子過了好長時間才從船底下鑽過，他簡直不敢相信這魚竟然有這麼長。

「不可能，」他說，「牠不可能有那麼大。」

可是那魚當真有那麼大，這一圈兜完之後，牠浮出水面，和老人僅僅相隔三十碼，老人眼看着牠的尾巴出了水，比一把大鐮刀的刀刃還要長，在深藍色的海水上呈現出非常淺淡的紫色。那尾巴向後傾斜，魚在海面下游的時候，老人能看見牠那巨大的軀體和周身的紫色條紋。牠背鰭朝下，巨大的胸鰭張得大大的。

魚這回兜圈了，老人看到了牠的眼睛，還有兩條灰色的魚在牠周圍游來游去，時而吸附在牠身上，時而倏地逃竄開去，時而在牠的陰影裏悠閒地游弋。那兩條魚都不止三英尺長，游得快起來全身急速甩動，像鰻魚一樣。

老人這會兒冒起汗來，不光是因為太陽的緣故，還有別的原因。每當那魚鎮靜自若地轉回來，老人都能收回一段釣線，他深信不疑，等魚再兜上兩個圈子，他就有機會把魚叉插進魚身了。

可我得把牠拉過來，拉近，再拉近，他想。千萬不能把魚叉插進牠的腦袋，一定要插進牠的心臟。

「老傢伙，你可要鎮靜，使足勁兒。」他說。

魚又兜了一圈，露出了脊背，不過離小船還是遠了點兒。再兜一圈，離得還是太遠，但這回牠出水更高了些，老人心裏有數，等再收回一些釣線，就能把牠拉到船邊。

他早就準備好了魚叉，繫在魚叉上的那卷很輕的繩子放在一個圓形的籃子裏，另一端緊緊地繫在船頭的纜樁上。

大魚正兜了一圈回來，看上去沉靜而美麗，只有尾巴在動。老人使出全身力氣想把牠拉到近前。有那麼一會兒，魚朝他這邊傾斜了一點兒，然後又挺直身子，接着兜起圈子來。

「我拉動牠了，」老人說，「我剛才拉動牠了。」

他又感到一陣頭暈，不過還是用盡全力拉住大魚。我拉動牠了，他想。也許這回我就能把牠拉過來了。手啊，你拉呀，他想。腿啊，你可得站穩了。頭啊，你得給我堅持住，給我堅持住，你可從來沒有掉過鏈子。這回我就要把牠拉過來了。

可是，還沒等大魚靠近小船，他就使出渾身力氣拚命拉，那魚被拉得傾斜過來一點兒，但隨即就豎直身子游開去。

「魚啊，」老人說，「魚啊，反正你是死定了。難道你非得把我也害死不可？」

這樣的話我可就一無所獲了，他想。他嘴裏乾得說不出話來，可這時候也夠不着水喝。我這回一定得把牠拉到船邊來，他想。牠再多兜幾個圈子，我可就撐不住了。你能行，他對自己說，你永遠都能行。

下一輪較量的時候，他差一點兒就制服那條魚了。可魚還是直起身子慢慢游走了。

魚啊，你害死我了，老人想。不過你有這個權利。兄弟啊，我還從來沒有見過比你更大、更漂亮、更沉靜，或者更高貴的東西。來吧，把我殺死吧，我不在乎誰死在誰手裏。

你的腦子有點兒迷糊了，他想。你必須保持頭腦清醒，要懂得怎樣承受痛苦，像個男子漢一樣，或者像條魚那樣，他想。

「頭啊，清醒清醒吧。」他說話的聲音連自己都聽不見，「清醒起來吧。」

魚又兜了兩個圈子，還是老樣子。

真不知道這是怎麼回事兒，老人想。每次他都感覺自己要垮掉了。真是不明白。可我還要再試一次。

他又試了一次，當他把魚拉轉過來的時候，感覺自己都要垮了。那魚挺直身子，又慢慢游走了，大大的尾巴在海面上搖搖擺擺。

我還要再試一次，他對自己許諾，儘管他的雙手這時候已經力不從心，眼睛一忽看得見，一忽看不見。

他又試了一下，還是老樣子。就這麼着吧，他想，感覺自己還沒開始發力就已經敗下陣了；可我還要再嘗試一次。

他承受着所有的痛楚，使出餘下的全部氣力，還有早已喪失的自尊，用來對抗魚的痛苦掙扎。魚朝他身邊游了過來，在一旁優雅而緩慢地游着，嘴幾乎碰到了小船的船殼外板。牠開始從船邊游過，身子那麼長，那麼高，又那麼寬，銀光閃閃，佈滿紫色條紋，在水裏似乎是一眼望不到頭。

老人丟下釣線，一腳踩住，把魚叉舉得盡可能高，用足力氣，再加上剛剛鼓起的勁兒，拚命向魚的一側刺去，魚叉正落在大胸鰭後面，牠的胸鰭高高聳起，和老人的胸膛一般高。老人感到鐵叉已經扎了進去，就把身子倚在上面，好扎得更深，然後把全身的重量都壓了上去。

那魚開始折騰起來，儘管已經死到臨頭，牠還是從海水裏高高地躍起，牠那驚人的長度和寬度，牠的力量和美，全都展露無遺。牠彷彿懸在空中，就在小船和老人的正上方。接着，牠又嘩啦一聲跌落下來，濺起的浪花潑灑在老人的全身和整條小船上。

老人感到頭暈噁心，雙眼也模糊不清。但他還是放開了魚叉上的繩子，讓牠慢慢地從擦破了皮的雙手中送出去，等他可以看清東西的時候，他看見那魚仰面朝天，翻起了銀色的肚皮。魚叉的柄從魚的肩部斜伸出來，從牠心臟裏流出的鮮血讓海水都變了顏色，起先是暗黑色，像是一英里多深的藍色海水裏的魚群，然後又像雲朵一樣飄散開來。那魚呈銀白色，一動不動，只是隨波漂蕩。

老人趁自己眼睛好使的那一瞬間仔細瞧了瞧。然後他把魚叉上的繩子在船頭的纜樁上繞了兩圈，把頭擱在雙手上。

「讓我的頭腦保持清醒吧，」他靠在船頭的木板上說，「我這個老頭兒真是累壞了，可我殺死了這條魚，牠是我的兄弟，現在我有苦差事要幹啦。」

我得準備好繩套和繩索，好把牠綁在船邊，他想。即使我們有兩個人，往船裏灌滿水把魚拉上船，再把船裏的水舀出去，這條小船也絕對裝不下牠。我得把一切都準備妥當，然後再把牠拖過來，捆得結結實實，再豎起桅杆，揚帆起航回家去。

他開始動手把魚拖到船邊，好把一根繩子穿進魚鰓，從魚嘴裏拉出來，然後把牠的腦袋牢牢地捆在船頭的一邊。我要瞧瞧牠，他想，碰碰牠，摸摸牠。牠是我的財富，他想。可我想摸摸牠倒不是因為這個。我感覺剛才觸到了牠的心臟，他想，就在我第二次把魚叉捅進去的時候。現在我得把牠拖過來，綁得牢牢的，用一個繩套拴住牠的尾巴，再用一個繩套捆在中間，把牠綁在小船的一側。

「動手幹吧，老頭兒，」他說着，喝了一丁點兒水。「搏鬥結束了，現在得做苦工了。」

他抬頭看看天，又瞧瞧船外的魚。他仔細瞅了瞅太陽。這會兒剛剛過了晌午，他想。信風颳起來了。釣線都用不着了。等回到家，我和那男孩把牠們拈接起來。

「魚啊，來吧。」他說。可魚並不靠攏過來，而是躺在海水裏翻騰，於是老人將小船靠了上去。

等他和魚並排在一起，把魚頭靠在船頭邊上，他簡直無法相信那魚竟然如此之大。他把魚叉上的繩子從纜樁上解下來，穿進魚鰓，又從魚嘴裏扯出來，在牠那長劍一般的嘴上繞了一圈，又穿過另一個魚鰓，也在魚嘴上繞了一圈，隨後將這兩股繩子打了個結，緊緊地繫在船頭的纜樁上。接着，他割下一段繩子，走到船尾去縛住魚尾巴。魚已經從原先的紫色和銀色相間完全變成了銀色，身上的條紋則呈現出和尾巴一樣的淡紫。那些條紋比一個人張開五指的手還要寬，魚的眼睛十分冷漠，看上去像是潛望鏡裏的鏡片，又像是遊行隊伍裏的聖徒。

「要殺死牠只有用這個法子。」老人說。他喝過水之後感覺好些了，他知道自己能挺得住，頭腦也清楚起來。看樣子牠不止有一千五百磅重，他想。也許還要重得多呢。開膛破肚之後淨重也有原來的三分之二，按三角錢一磅來計算的話能有多少錢？

「得用支鉛筆來算才行，」他說，「我的腦子還不夠清楚。不過，我覺得了不起的迪馬吉奧今天會為我感到驕傲的。我沒長骨刺，可雙手和後背實在疼得厲害。」真不知道骨刺是甚麼玩意兒，他想。也許我們長了骨刺自己還不知道呢。

他把魚牢牢地繫在船頭、船尾和中間的坐板上。這魚可真大，小船旁邊像是綁上了一條比自己還要大得多的船。他割下一段釣線，把魚的下巴和長嘴捆在一起，免得嘴巴張開，這樣船就能盡可能利落地向前行進。然後他豎起桅杆，撐起那根用做手鈎的木棒和下桁，張起帶補丁的船帆，自己半躺在船尾，向西南方向駛去。

他不需要靠指南針來辨別西南方向，僅憑信風吹在身上的感覺和船帆的動向就能知道。我還是放下一根細釣線的好，繫上勺形假餌，釣點兒甚麼東西吃吃，潤潤喉嚨。可他找不到勺形假餌，而且沙丁魚也都已經爛掉了。所以，他趁小船經過那片黃色馬尾藻的時候，用魚鈎鈎上一簇，抖了抖，裏面的小蝦紛紛掉落在船板上。小蝦有十幾隻，像盲潛蚤一樣活蹦亂跳。老人用大拇指和食指掐去蝦頭，連殼帶尾一起嚼着吃了下去。蝦很小，可他知道這很有營養，而且味道也不錯。

老人的瓶子裏還剩下兩口水，吃完蝦他喝了半口。在重重障礙之下，小船還算行駛得不錯，他把舵柄夾在胳膊下面掌着舵。他能看得到那條魚，只要看看自己的手，感覺後背抵在船尾，就能知道這是真真切切發生的事兒，不是一場夢。他曾經感覺大禍臨頭，以為是在夢中。等看到魚躍出水面，在半空中靜止片刻才落下來，他才確信這極不尋常，簡直令他難以置信。後來，他就看得不大清楚了，不過現在他的眼睛又和往常一樣好使了。

此時此刻，知道魚已經到手，他的雙手和後背所感覺到的並不是夢。我的手很快就能恢復，他想。我讓手裏的血都流光了，鹽水能治癒牠們。真正的海灣裏深色的海水是世上最好不過的良藥。我所要做的就是保持頭腦清醒。這兩隻手已經盡了自己的本分，而且我們行駛的狀態也很好。魚的嘴巴緊閉着，尾巴直上直下地顛簸，我們就像兄弟一樣並肩航行。接着他的頭腦有點兒不大清楚了，他想，現在是這魚在帶我回家，還是我帶着魚回家呢？要是我把牠拖在船後面，那就毫無疑問了。或者，如果這魚失去了全部尊嚴，讓我放在小船裏，也不會有甚麼問題。可現在牠是和小船並排綁在一起前進的，老人想，只要牠樂意，就算是牠在帶我回家吧。我只不過是靠耍花招才勝過了牠，而且牠也不想傷害我。

他們航行得很順利，老人把雙手浸在海水裏，盡量保持頭腦清醒。天空中的積雲堆疊得很高，上方還有相當多的卷雲，由此老人知道這風會颳上整整一夜。老人不時地看看那條魚，以確信這是真的。一個小時後，第一條鯊魚發動了襲擊。

這條鯊魚的出現並不是一個偶然。當那一大片暗沉沉的血漸漸下沉，擴散到一英里深的海水裏的時候，牠就從深處游了上來。鯊魚莽莽撞撞地一下子衝過來，劃破了藍色的水面，豁然出現在太陽底下。牠隨即又落入海水，捕捉到血腥味，然後就順着小船和魚的蹤跡一路追蹤而來。

鯊魚有時候嗅不到這股氣味，但牠總能再次找到，也許只是一絲痕跡，牠就會游得飛快，緊追上去。那是一條很大的灰鯖鯊，生就的游泳高手，能和海裏速度最快的魚游得一樣快，除了嘴以外，牠的一切都顯得無比美麗。背部和劍魚一樣藍，肚子是銀白色的，魚皮光滑漂亮。牠的外形和劍魚十分相像，除了那張大嘴。眼下牠正緊閉着大嘴，在水面之下迅速地游着，高聳的背鰭像刀子一般劃破水面，沒有絲毫搖擺。在牠那緊緊閉合的雙唇裏，八排牙齒全都朝裏傾斜，這和大多數鯊魚的牙齒不同，不是那種常見的金字塔形，而是像爪子一樣蜷曲起來的人的手指。那些牙齒幾乎和老人的手指一般長，兩側都有刀片一樣鋒利的切口。這種魚天生就把海裏所有的魚作為捕食對象，牠們游得那麼快，體格那麼強健，而且還全副武裝，這樣一來就所向無敵了。此時，牠聞到了新鮮的血腥味，於是加快速度，藍色的背鰭破水前進。

老人一看見牠游過來，就知道這是一條毫無畏懼、肆意妄為的鯊魚。他一面注視着鯊魚游到近前，一面準備好魚叉，繫緊繩子。繩子短了點兒，因為他割下了一段用來綁魚。

老人此時頭腦清醒好使，下定決心搏擊一番，但卻不抱甚麼希望。真是好景不長啊，他想。他盯着那條緊迫而來的鯊魚，順便朝那條大魚望了一眼。這簡直像是做夢一樣，他想。我沒法阻止牠攻擊我，但我也許能制服牠。尖齒鯊[21]，他想，讓你媽見鬼去吧。

鯊魚飛速靠近船尾，向大魚發起襲擊，老人看着牠張開了嘴，看着牠那怪異的眼睛，看着牠牙齒發出哢嚓一聲，朝着魚尾巴上方的肉撲咬過去。鯊魚的頭從水裏鑽了出來，後背也正露出海面，老人聽見大魚的皮肉被撕裂的聲響，把魚叉猛地向下扎進鯊魚的腦袋，正刺在兩眼之間那條線和從鼻子直通腦後那條線的交點上。這兩條線其實並不存在。真實存在的只有沉重而尖銳的藍色鯊魚腦袋，大大的眼睛，還有那嘎吱作響、伸向前去吞噬一切的大嘴。可那是魚腦所在的位置，老人直刺上去。他使出全身力氣，用鮮血模糊的雙手把魚叉結結實實地刺了進去。他這一刺並沒有抱多大希望，卻帶着十足的決心和惡狠狠的勁頭兒。

鯊魚翻了個身，老人看出牠的眼睛已經沒有生氣了，接着鯊魚又翻了個身，纏上了兩圈繩子。老人知道牠死定了，可牠還不肯聽天由命。牠肚皮朝上，撲打着尾巴，嘴巴嘎吱作響，像一艘快艇似的破浪前進，尾巴在海上濺起白色的浪花。牠身體的四分之三都露在水面上，繩子繃得緊緊的，顫抖個不停，最後啪的一聲斷了。

鯊魚靜靜地躺在海面上，老人瞧着牠，不一會牠就慢慢沉了下去。

「牠咬掉了約莫四十磅肉，」老人大聲說。牠把我的魚叉和所有的繩子也帶走了，他想，況且我這條魚又在淌血，別的鯊魚也會來襲擊的。

大魚被咬得殘缺不全，他都不忍心再看上一眼。魚被襲擊的時候，他感覺就像是自己受到襲擊一般。

好景不長啊，他想。我現在真希望這是一場夢，希望根本沒有釣上這條魚，而是獨個兒躺在床上鋪的舊報紙上。

不過，攻擊我這條魚的鯊魚被我幹掉了，他想。牠是我見過的最大的尖齒鯊。天知道，我可見識過不少大魚。

「但人不是為失敗而生的，」他說，「一個人可以被毀滅，但不能被打敗。」我很痛心，把這魚給殺了，他想。現在倒霉的時候就要來了，可我連魚叉都沒有。尖齒鯊很殘忍，而且也很能幹，很強壯，很聰明。不過我比牠更聰明。也許並不是這樣，他想。也許只不過是我的武器比牠的強。

「別想啦，老傢伙，」他大聲說，「順着這條航線走吧，事到臨頭再對付吧。」

不過還是得琢磨琢磨，他想。因為我只剩下這件事兒可幹了。這個，還有棒球。

不知道了不起的迪馬吉奧會不會欣賞我一舉擊中鯊魚的腦袋。這也沒甚麼大不了的，他想，誰都能行。但是，你以為我這兩隻受傷的手跟得了骨刺一樣麻煩嗎？我沒法搞明白。我的腳後跟從來沒出過毛病，只有一次在游泳的時候踩着一條魚，被牠刺了一下，腿的下半截都麻痹了，疼得受不了。

「想點兒高興的事兒吧，老傢伙，」他說，「你每過一分鐘就離家更近一點兒。丟了四十磅魚肉，你的船走起來能更輕快。」

他心裏很明白如果駛進海流中間會發生甚麼事情。可是眼下一點兒辦法也沒有。

「不，有辦法，」他大聲說，「我可以把刀子綁在一支船槳的柄上。」

於是他把舵柄夾在胳膊下面，一隻腳踩住帆腳索，就這麼做了。

「這下好了，」他大聲說，「我還是個老頭兒，但可不是手無寸鐵了。」

這時候，風吏加強勁了，船航行得很順利。他只看着魚的前半部份，心裏又燃起了一點兒希望。

不抱希望才愚蠢呢，他想。還有，我把這當成了一樁罪過。別去想甚麼罪過了，他想。眼下不説罪過，麻煩就已經夠多的了，況且我對這個一無所知。

我根本就不懂甚麼罪過，也說不準自己是不是相信。也許殺了這條魚是一樁罪過。我看是的，儘管是為了養活自己，讓好多人有魚吃。不過這樣說來，幹甚麼都是一種罪過。別再想甚麼罪過了。現在已經晚了，再說還有人專門拿薪水幹這個呢，讓他們去費心吧。你天生是個漁夫，就跟魚生來是魚一樣。聖彼得羅[22]是個漁夫，跟了不起的迪馬吉奧的父親一樣。

不過，他喜歡把所有和自己相關的事情琢磨來琢磨去，沒有書報可讀，也沒有收音機，他就想得很多，而且還繼續琢磨罪過這個問題。你殺死那條魚不光是為了養活自己和賣給別人吃。你殺死牠還是為了自尊，因為你是個漁夫。牠活着的時候你敬愛牠，牠死了之後你也一樣敬愛牠。如果你敬愛牠，那麼殺死牠就不算是罪過。要麼是更大的罪過？

「你想得太多了，老傢伙。」他大聲說。

但是，殺死那條尖齒鯊你倒是樂在其中，他想。牠跟你一樣，靠吃活魚為生。牠不是食腐動物，也不像某些鯊魚那樣，游來游去只是為了填飽肚子。牠美麗而崇高，無所畏懼。

「我殺了牠是出於自衛，」老人大聲說，「而且我幹得很乾淨利落。」

再說，他想，從某種意義上來說，一物降一物。捕魚能讓我以此為生，也能要我的命。那男孩能讓我活下去，他想。我可千萬不能過於自欺欺人啊。

他把身子探出船舷，從魚身上被鯊魚咬過的地方撕下一塊來。他嚼着魚肉，感覺肉質很好，味道鮮美，堅實而多汁，像牲畜的肉，但顏色不紅。魚肉裏也沒有甚麼筋，他知道這在市場上能賣出頂高的價錢。可他沒有辦法不讓魚的氣味散到水裏去，老人心裏清楚就要大難臨頭了。

微風不斷地吹着，稍稍轉向東北方向，他知道這意味着風力不會減弱。老人朝前面張望，看不見任何船帆，也看不見船身，或者是船上冒出的煙。只有飛魚從船頭一躍而起，向兩邊滑落，還有一簇簇黃色的馬尾藻。他甚至連一隻鳥也看不見。

他已經駕船航行了兩個鐘頭，在船尾歇息着，時不時嚼上一點兒大馬林魚肉，盡量養精蓄鋭，就在這時，他看到了兩條鯊魚中率先露面的那一條。

「Ay，」他大聲叫起來。這個字眼是無法翻譯的，也許不過是一種聲音，像是一個人感覺釘子穿過自己的雙手釘進木頭裏的時候不由自主發出來的。

「加拉諾鯊[23]，」他大聲說。他看見第二個魚鰭緊跟着第一個鑽出海水。從那褐色的三角形魚鰭和甩來甩去的尾巴來看，他認出這是鏟鼻鯊。這兩條鯊魚嗅到血腥味頓時興奮起來，牠們都餓傻了，興奮得一會兒跟丟了，一會兒又嗅到了，不過始終都在迫近。

老人繫緊帆腳索，卡住舵柄，然後拿起綁上了刀子的船槳，盡量輕地舉起來，因為雙手疼得不聽使喚了。接着，他張開手，輕輕地握住船槳，雙手鬆弛下來。他又緊緊地攥起手，讓牠們忍着疼痛不畏縮，一面看着鯊魚游過來。他能看見鯊魚那又寬又扁、像鏟子一樣尖利的腦袋，還有尖端呈白色的寬闊的胸鰭。這兩條可惡的鯊魚，臭氣熏人，牠們既是食腐動物，也是殺手，一旦餓極了，連船槳和船舵都會咬。就是這種鯊魚，趁海龜在水面上睡覺的時候咬掉牠們的腿和鰭狀肢。趕上飢餓的時候，牠們還會在水裏襲擊人，即使人身上沒有魚血或者黏液的腥味。

「Ay，」老人說，「加拉諾鯊，來吧，加拉諾鯊。」

牠們來了，不過牠們過來的方式和灰鯖鯊不同。有一條鯊魚轉身鑽到小船底下，不見了蹤影，等牠開始撕扯大魚的時候，老人感到小船都在晃動。另一條用細長的黃眼睛盯着老人，隨即飛快地游過來，半圓形的嘴張得大大的，朝着魚身上被咬過的地方咬了下去。牠那褐色的頭頂以及腦袋和脊髓相連接的背部有一道清晰的紋路，老人把綁在船槳上的刀子朝那個交叉點刺進去，又拔出來，再刺進牠那黃色的貓一樣的眼睛。鯊魚放開了大魚，身子朝下溜，臨死還吞下了咬下來的魚肉。

另一條鯊魚還在糟蹋大魚，弄得小船依舊搖擺不定，老人放鬆了帆腳索，讓小船橫過來，露出船底的鯊魚。他一看見那條鯊魚，就探過身朝牠刺去。他刺中的只是魚身，魚皮生硬，刀子幾乎戳不進去。這下子震得他的雙手和肩膀生疼。不過，那鯊魚很快就浮上來，腦袋露出了水面，老人趁牠的鼻子剛鑽出水面挨上大魚，對準牠那扁平腦袋的正中間扎了下去。老人拔出刀刃，再朝同一個地方扎過去。牠還是用嘴緊咬着大魚不放，老人一刀戳進牠的左眼，可牠還是不肯走。

「還沒夠嗎？」老人說着，把刀刃戳進鯊魚的脊椎和腦袋之間。這一下倒是很容易，他感覺鯊魚的軟骨斷裂開了。老人將船槳倒過來，把槳片插進鯊魚的兩顎之間，想撬開牠的嘴。他旋轉了一下槳片，鯊魚鬆開嘴溜走了，他說：「走吧，加拉諾鯊。溜到一英里深的地方去吧。去看你的朋友，或者見你媽去吧。」

老人擦擦刀刃，放下船槳。然後他找到帆腳索，船帆鼓起來了，他駕着小船順着原來的航線向前行駛。

「牠們準把這魚咬掉了四分之一，而且都是上好的肉，」他大聲說，「我真希望這是一場夢，希望我壓根兒沒有釣上牠來。魚啊，真抱歉。這下子一切都糟透了。」他住了口，再也不想看一眼那條魚。牠的血都流盡了，又經受着海浪拍打，看上去像鏡子的銀白色背襯，身上的條紋依然可見。

「魚啊，我本來就不該出海到這麼遠的地方，」他說，「對你對我都不好。魚啊，真抱歉。」

算啦，他自言自語道，還是留神看看綁在刀上的繩子有沒有斷，再把手保養好，因為還會有鯊魚來襲擊。

「要是有塊磨刀石就好了，」老人查看了一下綁在槳柄上的繩子，說，「我真該帶一塊來。」你該帶的東西多着哪，他想。可你就是沒帶，老傢伙。眼下可不是想自己缺甚麼的時候。還是想想用手頭兒的東西能派甚麼用場吧。

「你給了我好多忠告，」他大聲說，「我都聽煩了。」

他把舵柄夾在胳膊下面，小船行進的時候，他把雙手浸在海水裏。

「天知道最後那條鯊魚咬掉了多少魚肉，」他說，「不過小船現在輕多了。」他不願去想殘缺不全的魚肚子。他知道，鯊魚每次猛撞上去，都會撕去一塊肉，而且大魚在海裏給所有的鯊魚留下了一道有公路那麼寬的蹤跡。

這條魚可以夠一個人過整整一冬，他想。別想這個啦。還是歇息歇息，讓手好起來，保住剩下的魚肉吧。和水裏的血腥味比起來，我手上的根本不算甚麼。再說，手也不怎麼流血了。手割破了沒甚麼大不了的。出點兒血也許能讓左手不再抽筋。

我現在能想點兒甚麼呢？他暗自琢磨。沒甚麼可想的。我甚麼也不能想，就等着別的鯊魚來吧。真希望這是一場夢，他想。可誰知道呢？說不定有個好結果呢。

接着是一條獨自趕上來的鏟鼻鯊。牠那架勢像是一頭豬直奔食槽，要是豬能有那麼大的嘴，可以讓你把腦袋伸進去的話。老人任憑牠襲擊大魚，緊接着把綁在船槳上的刀子刺進牠的腦袋。但是鯊魚翻滾着向後猛地一退，刀刃啪的一聲斷了。

老人穩定下來掌着舵，甚至不去看那條大鯊魚在水裏慢慢地下沉，開始還是原來那麼大，後來越來越小，只有丁點兒大了。這種情景總讓老人看得入迷，可這次他連看也不看一眼。

「現在我還有那把手鉤，」他說，「可也沒甚麼用。還有兩把船槳，舵柄和那根短棍。」

這下子牠們算是把我打垮了，他想，我太老了，沒法用棍子打死鯊魚了。不過只要手裏還有短棍和舵柄，我就要試試看。

他又把雙手浸在水裏。這時候已經接近傍晚，除了大海和天空他甚麼也看不見。

空中的風比剛才更大了，他盼望不久就能看見陸地。

「老傢伙，你累了，」他說，「你從骨子裏累了。」

直到太陽快落下之前，鯊魚才再次來襲擊。

老人看見幾片棕色的魚鰭正順着大魚在水裏留下的寬闊的蹤跡游過來。牠們甚至沒有東聞西嗅尋找氣味，就並排直奔小船而來。

他卡住舵柄，繫緊帆腳索，伸手到船尾下去拿棍子。這是從一支斷槳上鋸下來的槳柄，大約兩英尺半長。手柄很短，只有用一隻手緊握着才好發力，他用右手好好攥住，時鬆時緊，注視着兩條鯊魚過來。兩條都是加拉諾鯊。

我得等第一條緊緊咬住大魚時，再打牠的鼻尖或者直接打牠的頭頂，他想。

兩條鯊魚一齊緊迫而來，他一看見離他最近的一條張開嘴，咬住了大魚銀色的體側，就高高舉起棍子，重重地落下去，打在鯊魚寬闊的腦袋頂上。棍子敲上去的時候，他覺得像是打在堅韌的橡膠上。但他也感到了堅硬的骨頭，趁鯊魚從大魚身上往下溜的時候，他又狠狠地打在鯊魚的鼻尖上。

另一條鯊魚不斷游進游出，這時候又張大嘴逼了上來。鯊魚猛撞在大魚身上，咬緊了嘴巴，老人可以看見一塊塊白花花的魚肉從牠的嘴角漏出來。他掄起棍子打過去，但只敲在頭上，鯊魚看看他，把咬在嘴裏的肉撕扯下來。趁牠溜走把肉吞下去的當兒，老人再一次掄起棍子朝牠打去，卻只打在橡膠一般厚實堅韌的地方。

「來吧，加拉諾鯊，」老人説，「再來吧。」

鯊魚衝了上來，老人趁牠合上嘴的時候給了牠一下子。他把棍子舉得高得不能再高了，結結實實地打在鯊魚身上。這回他感覺打中了腦袋根部的骨頭，接着又朝同一部位打了一下，鯊魚有氣無力地撕下嘴裏叼的魚肉，從大魚身上出溜下去。

老人提防着牠再游回來，可是兩條鯊魚都沒再露面。隨後他發現其中一條在海面上兜圈子，卻沒看見另一條鯊魚的鰭。

我不能指望幹掉牠們了，他想。年輕力壯的時候倒是能辦到。不過，我把牠們倆都傷得不輕，沒有一條身上好受。要是我用兩隻手掄起一根棒球棒，準能把第一條鯊魚打死。就是現在也能行，他想。

他不想再看那條魚。知道有一半都給毀了。就在他跟鯊魚搏鬥的時候，太陽已經落下去了。

「天就要黑了，」他自言自語道，「到時候我就能看見哈瓦那的燈光了。要是朝東走得太遠，就能看見一片新開闢的海灘上的燈光。」

現在離陸地不會太遠了，他想。但願沒人太為我擔心。當然啦，只有那男孩會擔心。不過，我相信他會對我有信心。好多上了歲數的漁夫也會為我擔心，還有不少別的人也會的，他想。我住在一個人心善良的鎮子裏啊。

他沒法再跟魚說話了，因為魚已經破損得不成樣子。接着他又想起了甚麼。

「半條魚，」他說，「你原來是一整條。很抱歉，我出海太遠了。我把咱們倆都毀了。不過，咱們殺死了好多條鯊魚呢，你和我一起，還打垮了好多條。你殺死過多少啊，魚老弟？你頭上的長矛可不是白長的啊。」

他喜歡想這條魚，想着牠如果能自由游弋，會怎樣對付一條鯊魚。我應該砍下魚嘴，用來跟鯊魚搏鬥，他想。但我沒有斧頭，後來連刀也沒有了。

不過，我要是砍下了魚嘴，就能把牠綁在槳柄上，那該是多好的武器啊。這樣我們也許就能一塊兒跟牠們鬥了。要是夜裏來了鯊魚，該怎麼辦？能有甚麼辦法？

「跟牠們鬥，」他說，「我要跟牠們一直鬥到死。」

可是，現在一片漆黑，不見光亮，也沒有燈火，只有風在吹，船帆穩穩地把小船拖向前去，他覺得說不定自己已經死了。他把雙手合在一起，手掌相互摩挲着。這雙手沒有死，只要一張一合，就能感到活生生的疼痛。他的後背靠在船尾，他知道自己沒有死，這是他的肩膀感覺到的。

我許過願，如果逮住了這條魚，要唸那麼多遍祈禱文，他想。可我現在太累了，沒法唸。我還是把麻袋拿來披在肩上吧。

他躺在船尾掌着舵，等待天空出現亮光。我還有半條魚，他想。也許我走運，能把前半條帶回去呢。我總該有點兒運氣吧。不會的，他說，你出海太遠了，你的好運氣都給毀了。

「別犯傻了，」他大聲說，「還是清醒着點兒，掌好舵吧。興許你還能交上好大的運氣呢。」

「要是有地方賣的話，我倒想買些運氣。」他說。

我能拿甚麼來買呢？他問自己。用一支搞丟了的魚叉、一把折斷的刀子，還有一雙損壞的手能買來嗎？

「也許你能行，」他說，「你試着用連續出海八十四天換來好運氣，人家差一點兒就賣給你了。」

絕對不能胡思亂想，他暗自琢磨。好運這玩意兒，出現的形式多種多樣，誰能認得準啊？可不管是甚麼樣的好運，不管付出甚麼代價，我都想要一點兒。但願我能看到燈火的亮光，他想。我希望得到的東西太多了，眼下只希求一樣。他盡量坐得舒服些掌着舵，知道自己沒有死，因為身上還在疼。

他看見城市燈光的倒影，肯定是在夜裏十點鐘左右。起初只是依稀可見，就像月亮升起之前的微弱天光。隨後，隔着隨風力變大而洶湧起來的海洋，那光亮也越來越清晰。他駛進光影裏，心想，要不了多久就能到達海流的邊緣了。

這下事情就要過去了，他想。不過，牠們可能還會來襲擊我。一個人在黑暗中手無寸鐵，怎麼對付牠們呢？

這時候，他渾身僵硬、痠痛，在夜晚的寒氣裏，身上的傷口和所有用力過度的地方都讓他感到疼痛。但願不用再搏鬥了，他想，真希望不用再搏鬥了。

但是，到了半夜，他又上陣了，而且這次他心裏明白，搏鬥也是徒勞。鯊魚成群結隊地游了過來，直撲向大魚，他只能看見魚鰭在水面上劃出的一道道線痕，還有牠們身上的粼光。他用棍子朝鯊魚的頭直打過去，聽到幾張魚嘴咬嚙的聲響，還有牠們在船底下咬住大魚，讓小船來回搖晃的聲音。他只能憑感覺和聽覺拚死拚活地一頓棍棒打下去，覺得棍子被甚麼東西抓住了，就這麼丢了武器。

他把舵柄猛地從舵上扭下來，用牠亂打亂砍一氣，雙手緊攥着，一次又一次地猛砸下去。但是此時鯊魚已經來到了船頭，一個接着一個，或者成群撲上來，撕咬下一塊塊魚肉，牠們轉身再來的時候，魚肉在水面下閃着亮光。

最後，有條鯊魚朝魚頭撲來，他知道這下子全完了。他掄起舵柄砸向鯊魚頭，正打在牠的嘴上，那嘴卡在沉甸甸的魚頭上，撕咬不下。他又接二連三地掄起舵柄。他聽見舵柄斷了，就用斷裂的手柄刺向鯊魚。他感到手柄刺了進去，知道牠很尖利，就接着再刺。鯊魚鬆開嘴，翻滾着游走了。這是來犯的鯊魚群中的最後一條。已經沒有甚麼可讓牠們吃的了。

老人這時候差點兒喘不過氣來，感覺嘴裏有股怪味兒，那是一股銅腥味，甜膩膩的，他一時有些害怕，不過那味道並不太重。

他往海裏啐了一口，說：「吃吧，加拉諾鯊，做個夢吧，夢見你殺了一個人。」

他知道自己終於被擊垮了，無法挽回，他回到船尾，發現舵柄的一頭儘管參差不齊，還是能塞進舵孔，讓他湊合着掌舵。他把麻袋圍在肩膀上，駕着小船啓航了。他很輕鬆地駕着船，沒有任何想法和感覺。此時，他已經超脱了一切，只是盡心盡力地把小船駛回家去。夜裏，有些鯊魚來襲擊大魚的殘骸，就像人從餐桌上撿麵包屑一樣。老人毫不理睬，除了掌舵以外，甚麼都不在意。他只注意到，沒有了船邊的重負，小船行駛得那麼輕快，那麼平穩。

船還是好好的，他想。除了船舵，它還算是完好無損。船舵是很容易更換的。

他感覺自己已經到了海流中間，可以看見沿岸的海灘村落裏的燈光。他知道現在到了甚麼地方，回家已經毫不費力了。

不管怎麼說，風是我們的朋友，他想。接着他又想，那是有時候。還有大海，海裏有我們的朋友，也有我們的敵人。還有床，他想。床是我的朋友。就是床，他想。床是一件很不錯的東西。你給打垮了，反倒輕鬆了，他想。我從來不知道竟會這麼輕鬆。是甚麼把你給打垮了呢，他想。

「沒有甚麼把我打垮，」他大聲說，「都是因為我出海太遠了。」

等他駛進小港，露台飯店的燈光已經熄滅，他知道大家都上床歇息了。先前的微風越颳越大，此時已經非常強勁。不過，海港裏靜悄悄的，他駕船來到岩石下面的一小片砂石灘。沒人幫忙，他只好一個人把船盡可能往上拖，隨後跨出來，把小船緊緊地繫在一塊岩石上。

他取下桅杆，捲起船帆捆好，然後扛着桅杆開始往岸上爬。這會兒他才知道自己有多麼累。他停下來站了一會兒，回頭望望，借着街燈反射的光亮，他看見那條魚的大尾巴直豎着，好長一段拖在船尾後面。他看到魚的脊骨裸露出來，呈一條白線，腦袋漆黑一團，伸出長長的嘴，頭尾之間卻光禿禿的，甚麼也沒有。

他又開始往上爬，到了頂上一下子摔倒在地，他躺了一會兒，桅杆橫壓在肩上。他努力想要站起身來，但這太難了，就扛着桅杆坐在那兒，朝大路那邊望去。一隻貓從路對面走過，忙活着自己的事兒，老人定睛看了看牠，又把目光投向大路。

他終於放下桅杆，站了起來。他拿起桅杆扛在肩上，順着大路走去，一路上坐下歇了五次，才走回自己的小棚屋。

進了棚屋，他把桅杆靠在牆上，摸黑找到一個水瓶，喝了口水。隨後他躺在床上，把氈子拉過來蓋住肩膀，又蓋住後背和雙腿，他臉朝下趴在報紙上，胳膊伸直，掌心朝上。

早上，男孩朝門裏張望的時候，他正睡着。風颳得太猛烈了，漂流船都不會出海，男孩便睡了個晚覺，接着跟每天早上一樣，來到老人的棚屋。男孩看見老人在呼吸，又看看老人那雙手，禁不住哭了起來。他悄悄地走出去弄來一些咖啡，一路上哭個不停。

好多漁夫都圍着那條小船，看綁在船旁邊的東西，其中一個捲起褲腿站在水裏，正用一根釣線量死魚的殘骸。

男孩沒有走下去。他剛才已經去過了，有個漁夫在替他看管這條小船。

「他怎麼樣啊？」一個漁夫大聲喊道。

「在睡覺，」男孩喊着說。他不在乎別人看見自己在哭。「誰也別去打擾他。」

「從鼻子到尾巴有十八英尺長。」正在量魚的漁夫叫道。

「這個我相信。」男孩說。

他走進露台飯店，要了一罐咖啡。

「要滾燙的，多加點兒牛奶和糖。」

「還要甚麼？」

「不要了。等會兒我看他能吃點兒甚麼。」

「多大的魚啊，」飯店老闆說，「從來沒見過這麼大的魚。你昨天捕到的那兩條也不錯。」

「我的魚，見鬼去吧。」男孩說着又哭了起來。

「你想喝點兒甚麼嗎？」老闆問。

「不要了，」男孩說，「告訴他們別去打擾聖地亞哥，我這就回去。」

「跟他說我有多麼難過。」

「謝謝。」男孩說。

男孩拎着那罐熱咖啡走到老人的棚屋，坐在老人身邊等他醒來。有一回老人看上去正要醒來，卻又沉沉地睡去了，男孩於是就穿過大路去借些木柴來熱咖啡。

老人終於醒了。

「別坐起來，」男孩說，「把這個喝了。」他往杯子裏倒了些咖啡。

老人接過去喝了。

「牠們把我打垮了，馬諾林，」他說，「牠們真的打垮了我。」

「沒把你打垮。那條魚可沒有。」

「對，沒錯兒。那是後來的事兒。」

「佩德里克在照看小船和打魚的家什。魚頭你打算怎麼辦？」

「讓佩德里克剁碎了當誘餌用吧。」

「魚的長嘴呢？」

「你要的話就留下吧。」

「我要，」男孩說，「現在咱們得商量一下別的打算了。」

「他們找過我嗎？」

「當然啦。海岸警衛隊和飛機都出動了。」

「海那麼大，船那麼小，不容易看見。」老人說。他發現，能和一個人說話是件多麼愉快的事兒，用不着自言自語，或是對着大海說話了。「我惦記着你呢，」他說，「你們捕到了甚麼？」

「頭一天一條，第二天一條，第三天兩條。」

「很棒啊。」

「現在咱們又能一起捕魚了。」

「不行啊。我運氣不好。我再也交不上好運了。」

「讓運氣見鬼去吧，」男孩說，「我會帶來好運的。」

「你家裏人會怎麼說呢？」

「我才不管呢。我昨天捕到兩條。不過從現在起咱們倆一起捕魚，我要學的東西還多着呢。」

「我們得弄一支好使的魚鏢備在船上。你可以用舊福特車上的彈簧片做刀刃。可以拿到瓜納瓦科亞[24]去打磨。應該磨得非常鋒利，不用回火，要不會斷的。我的刀就斷了。」

「我再去弄把刀來，把彈簧片也磨好。這大風要颳多少天啊？」

「也許三天，也許還不止。」

「我會把一切都準備好，」男孩說，「你把手養好，老爺子。」

「我知道該怎麼保養。夜裏我吐出來一些奇怪的東西，感覺胸膛裏有甚麼東西壞了。」

「這也得養好，」男孩說，「躺下吧，老爺子，我去給你拿件乾淨襯衫。再帶點兒吃的。」

「把我出海時候的報紙隨便拿一份來吧。」老人說。

「你得趕快好起來，因為我還有好多東西要學呢，你甚麼都教給我。你吃了多少苦啊？」

「多得很。」老人說。

「我去把吃的和報紙拿來，」男孩說，「好好休息，老爺子。我從藥店裏給你拿些治手的藥。」

「別忘了告訴佩德里克，魚頭歸他了。」

「不會忘的。我記着呢。」

男孩出了門，順着磨損的珊瑚石路走着走着，又哭了起來。

那天下午，露台飯店來了一群遊客，有位女士望着下面的海水，發現在空啤酒罐和死梭子魚中間有條又大又長的白色魚脊骨，末端聳立着一個巨大的尾巴，東風在海港以外不斷掀起大浪，那尾巴也隨着潮水起伏搖擺。

「那是甚麼？」她指着大魚長長的脊骨問一名侍者，現在這魚骨只是一堆廢物，等着潮水把牠沖走。

「Tiburon[25]，」侍者說，「Eshark[26]。」他本想說說事情的來龍去脈。

「我不知道鯊魚有這麼漂亮、形狀這麼優美的尾巴。」

「我也是。」她的男伴說。

在路另一頭的棚屋裏，老人又睡着了。他還是臉朝下趴着，男孩坐在一旁守着他。老人正夢見獅子。

註釋

[1] 這裏指墨西哥灣暖流，是大西洋上重要的洋流。起源於墨西哥灣，經過佛羅里達海峽，沿着美國的東部海域和加拿大紐芬蘭省向北，最後跨越北大西洋通往北極海。

[2] 王棕是加勒比海一帶特產的特大棕櫚樹，在古巴稱作 guano（西班牙語）。

[3] 原文為西班牙語。

[4] 指費城的希貝公園，那裏曾是費城棒球比賽的重要場地。

[5] 原文為西班牙語。

[6] 原文為西班牙語。

[7] 西班牙語中的「海洋」（mar）一詞可作陰性名詞，前面的定冠詞是 la，也可作陽性名詞，前面的定冠詞用 le。

[8] 原文為西班牙語。

[9] 原文為西班牙語。

[10] 原文為西班牙語。

[11] 原文為西班牙語。

[12] 原文為西班牙語。

[13] 原文為西班牙語。

[14] 原文為西班牙語，意為「骨刺」。

[15] 位於哈瓦那灣出海處的東端。

[16] 古巴中南部瀕臨加勒比海的一個良港，位於哈瓦那東南。

[17] 原文為西班牙語。

[18] 原文為西班牙語。

[19] 在阿拉伯語中意為「腳」，因位於獵戶座下方而得名，中國天文學稱之為參宿七。

[20] 這裏指古巴。

[21] 原文為 Dentuso，西班牙語，意思是「牙齒鋒利的」。這是當地對灰鯖鯊的俗稱。

[22] 耶穌剛開始傳道的時候在加利利海邊所收的最早的四個門徒之一。

[23] 原文為 Galano，西班牙語，鏟鼻鯊的俗稱。

[24] 哈瓦那東部的一個小城。

[25] 西班牙語，意為「鯊魚」。

[26] 侍者用英語說「鯊魚」（shark）這個單詞時的發音。

弗朗西斯·麥考博

稍縱即逝的幸福生活

午飯時分，他們全都坐在就餐帳篷的雙層綠帆布帳頂下，裝作甚麼都沒發生過。

「你要酸橙汁還是檸檬汽水？」麥考博問。

「我要一杯兼烈酒[1]。」羅伯特．威爾遜回答道。

「我也要杯兼烈酒。我需要喝點兒甚麼。」麥考博的妻子說。

「我覺得這玩意兒正合適，」麥考博附和道，「讓他調三杯兼烈酒來。」

服務生已經在調酒了，他從帆布冷藏袋裏掏出一個個酒瓶，有風吹過給帳篷遮蔭的樹叢，瓶子在風中滴滴答答地淌下水來。

「我該給他們多少？」麥考博問。

「頂多一英鎊，」威爾遜告訴他說，「你不想慣壞他們吧。」

「他們的頭兒會分給大家嗎？」

「那是當然。」

半個鐘頭之前，弗朗西斯．麥考博被一群人手抬肩扛，其中有廚子啦，私僕啦，剝獸皮的啦，搬運工啦，一路神氣活現地從營地邊緣來到自己的帳篷跟前。扛槍的沒有加入遊行的行列。當地的土著僕役們在他的帳篷門前把他放下來，他和所有的人一一握手，接受眾人的祝賀，隨後他走進帳篷，坐在床上，一直等到他妻子走進來。妻子進來的時候沒跟他説話，他呢，馬上走到帳篷外面，在便攜式臉盆裏洗了洗手和臉，然後走進就餐帳篷，坐在一張舒適的帆布椅子上，感受着習習微風和綠樹的蔭蔽。

「你打到了一頭獅子，」羅伯特·威爾遜説，「還是頭頂棒的獅子。」

麥考博太太飛快地掃了威爾遜一眼，她是個非常標致，保養得極好的漂亮女人，她憑着美貌和社會地位，五年前曾經用自己的幾張照片為一種她從來沒用過的化妝品做廣告，拿到了五千美元的酬金。她嫁給弗朗西斯·麥考博已經有十一年了。

「那頭獅子很棒，對不？」麥考博説。這會兒他的妻子正看着他。她打量着這兩個男人，就好像從來沒見過他們一樣。

這一位，名字叫做威爾遜，是個打獵的白人[2]，她心裏清楚這個人她確實沒見過。威爾遜約莫中等身材，淺棕色的頭髮，濃密的硬茬髯子，紅通通的臉膛，一雙藍眼睛目光十分冷漠，眼角有淺淺的白色皺紋，微笑的時候，皺紋加深，一副興高采烈的樣子。此時，他正對她微笑着，她的目光從他的面孔移到他那披着寬鬆短上衣的溜肩上，他的上衣沒有左胸袋，那裏有四個襻，裏面塞着四顆大子彈，她把目光投向他那雙棕色的大手、舊了的寬鬆長褲和髒兮兮的皮靴，又轉回到他那紅通通的臉上。她注意到他那被陽光曬紅的臉上有一圈白色，那是他的斯坦遜氈帽[3]留下的痕跡，那頂帽子現在正掛在帳篷支柱的一個木釘上。

「來吧，為打到獅子乾杯。」羅伯特．威爾遜說。他又朝她微微一笑，而她沒有一絲笑意，用古怪的目光望着她的丈夫。

弗朗西斯．麥考博個子很高，要是不挑剔骨骼的長短，他算得上身材勻稱。他皮膚黑黝黝的，頭髮剪得跟個槳手一樣短，嘴唇很薄，在人們看來稱得上帥氣。他穿着和威爾遜一樣的獵裝，只不過他的是新嶄嶄的。他有三十五歲，身體很健康，擅長各種場地球類運動，也有釣到好多大魚的記錄，可就在剛才，他在大庭廣眾之下的表現無異於一個膽小鬼。

「為打到獅子乾杯，」他說，「你剛才那麼做，我真是感激不盡。」

他的妻子瑪格麗特把目光從他身上移開，又投向威爾遜。

「咱們別再說那頭獅子了。」她說。

威爾遜轉過臉去看着她，臉上沒有笑意，現在她反倒衝着他微笑了。

「今天真是非常奇怪，」她說，「中午你難道不該戴上帽子嗎？哪怕是待在帆布帳篷裏。要知道，這可是你告訴我的。」

「是可以戴上。」威爾遜說。

「你要知道，威爾遜先生，你的臉總是紅通通的。」她說着，又微微一笑。

「因為喝了酒。」威爾遜說。

「我看不見得，」她說，「弗朗西斯喝酒挺厲害，可他的臉從來都沒紅過。」

「今天算是紅了。」麥考博試圖說個笑話。

「沒有，」瑪格麗特說，「今天是我的臉紅啦。不過，威爾遜先生的臉一向都是紅紅的。」

「準是種族特徵，」威爾遜說，「嗨，你不是想拿我的美貌當個話題吧？」

「我不過是剛開個頭兒。」

「咱們別說這個了。」威爾遜說。

「說說話也變得這麼費勁了。」瑪格麗特回敬道。

「別傻了，瑪戈特[4]。」她丈夫說。

「說話沒甚麼難的啊，」威爾遜說，「打到了一頭頂棒的獅子。」

瑪戈特望着他們兩個，在他們倆看來，她都要哭出來了。這種情景威爾遜已經見了好長一段時間，他感到惴惴不安。麥考博早已經滿不在乎了。

「我希望這根本沒有發生，哦，我真希望這沒有發生過。」她一邊說着，一邊朝自己的帳篷走去。她沒有哭出聲來，但他們可以看見，她的肩膀在她穿着的那件玫瑰紅的防曬襯衫下瑟瑟發抖。

「女人動不動就使性子，」威爾遜對高個子男人說，「沒甚麼大不了的，就是神經緊張，再加上這樣那樣的事情。」

「這可說不準，」威爾遜說，「我覺得我得為這個忍一輩子了。」

「真是胡說。咱們來杯烈酒吧。」威爾遜說，「把整件事兒都忘了吧，反正也不值一提。」

「咱們也許能試試，」麥考博說，「不過我不會忘記你為我所做的一切。」

「算不了甚麼，」威爾遜說，「別盡說廢話。」

他們坐在樹蔭裏，野營帳篷就安紮在幾棵枝繁葉茂的刺槐樹底下，樹後面有一處懸崖，地面上到處都是卵石，草地一直延伸到一條小河旁，河底也鋪滿了卵石，河對岸是一片森林。兩個人喝着冰涼爽口的加了酸橙汁的杜松子酒，彼此都迴避着對方的眼睛。威爾遜心裏明白，僕人們現在全都知道了，當他看見麥考博的貼身僕人一邊把碟子擺上桌，一邊用好奇的目光打量主人，就用斯瓦西里語[5]厲聲斥責了他。那個僕人面無表情地轉身走了。

「你跟他説了甚麼？」

「沒甚麼，告訴他手腳麻利點兒，要不我就讓他結結實實地挨上十五下。」

「挨甚麼？鞭子嗎？」

「這麼幹是不合法的，」威爾遜説，「你可以扣他們的工錢。」

「可你還是能讓他們挨鞭子？」

「哦，沒錯兒。要是他們決定去告的話，就可能鬧出一場風波。他們一般不會那樣，寧可挨鞭了也不願意扣錢。」

「真奇怪！」麥考博説。

「説實話，一點兒也不奇怪，」威爾遜説，「你會怎麼選？是讓人用樺樹條狠抽一頓，還是拿不到工錢？」

話一出口，他就感到十分尷尬，還沒等麥考博回答，他就接着説：「咱們每個人天天都免不了挨揍，你知道，從某種意義上來説。」

這話還不如不説呢。「老天啊，」他想，「我成了外交家了，難道不是嗎？」

「是啊，我們在挨揍，」麥考博説，眼睛還是沒有看他，「關於獅子的事兒，我感到非常難受。不能再傳出去了。我的意思是說，別讓任何人聽到這件事兒了，好嗎？」

「你是說，我會不會在馬薩加俱樂部提起這件事兒？」威爾遜冷冷地看着他。他沒有料到麥考博會這麼講。他想，這傢伙不但是個該死的膽小鬼，而且是個不折不扣的混蛋。在今天之前我還挺喜歡他呢。不過，誰能摸得透一個美國佬呢？

「不會的，」威爾遜說，「我是個職業獵手。我們從來不談論主顧的事兒。你儘管放心。不過，要求我們別說三道四，在我們看來是不像話的。」

他現在打定主意了，索性鬧翻了倒自在得多。這下他就能獨個兒吃飯，還可以一邊吃東西，一邊看書。讓他們自己就餐吧。這樣的話，他只有在打獵過程中才會見到他們，進行非常正式的交往——法國人是怎麼說的？致以崇高的敬意——這總比不得不經歷這種無聊的感情糾葛要從容自如。他要是出言不遜，乾脆就此鬧翻。這樣一來，他就能一邊吃飯，一邊看書，而且還能照舊喝他們的威士忌。這個說法的言外之意是打獵過程中雙方關係處得不大好。當你碰到另外一個白種獵人，問他：「怎麼樣啊？」他回答說：「哦，我還在喝他們的威士忌。」由此你就會知道情況簡直糟透了。

「對不起。」麥考博說，用他那張美國人的面孔對着威爾遜，這張臉就是人到中年也還會停留在青春期的模樣，威爾遜注意到他的頭髮短短的，像個水手，眼睛很漂亮，不過目光有些躲躲閃閃，鼻子很端正，嘴唇薄薄的，下巴很好看。「對不起，這個我沒意識到。很多事情我都不大在行。」

那該怎麼辦呢？威爾遜想。他已經準備好和他痛痛快快地決裂了，可這個死乞白賴的傢伙在侮辱了他之後又向他賠禮道歉了。他又試探了一下。「別擔心我說出去，」他說，「我得謀個生路啊。你要知道，在非洲，沒有一個婦女打不中獅子，沒有一個白種男人會逃跑。」

「我跑得像個兔子。」麥考博說。

遇上一個說話這種腔調的男人，你有甚麼辦法呢，威爾遜不知所措了。

威爾遜用他那機槍手慣常的毫無表情的藍眼睛望着麥考博，麥考博則對他報以微笑。如果你沒有注意到他感情受傷害的時候眼睛裏流露出的表情，會覺得他的微笑還是很討人喜歡的。

「興許我能在捕獵野牛的時候找補回來，」他說，「咱們下回去打野牛，好嗎？」

「要是你願意，明天早晨就去也行。」威爾遜對他說。也許剛才他想錯了。這當然也是順理成章的。對於一個美國人，你根本拿不準他有甚麼路數。他又完全和麥考博站在一起了。要是能忘掉今天早晨發生的事兒就好了。不過，自然是忘不了的。這個早晨真是糟透了。

「你太太來了。」他說。她正從自己的帳篷那邊走過來，看上去神清氣爽，興高采烈，樣子很可愛。她有一張標準的鵝蛋臉，極其完美，你會以為她是個蠢女人。但她並不愚蠢，威爾遜想，不，她不愚蠢。

「漂亮的紅臉膛威爾遜先生，你好啊。弗朗西斯，親愛的寶貝，你感覺好點兒了嗎？」

「哦，好多了。」麥考博回答道。

「我把這件事兒整個兒撇開了，」她說着坐到桌子旁邊，「弗朗西斯擅長不擅長打獅子，那有甚麼大不了的呢？那又不是他的行當。那是威爾遜先生的專長。威爾遜先生打獵真是令人難忘。你甚麼都打，對吧？」

「哦，甚麼都打，」威爾遜說，「差不多甚麼都打。」她們是世界上最苛刻的女人，他想，她們最苛刻，最冷酷，最霸道，也最迷人，她們一強硬起來，她們的男人就得服軟，要不就會精神崩潰。要麼，她們挑中的都是她們能夠駕馭的男人？在結婚的年紀她們不可能懂得這麼多啊，他想。他很慶幸自己此前有過同美國女人打交道的經歷，因為這是個很漂亮的美國女人。

「我們明天早晨要去打野牛。」威爾遜告訴她。

「我也去。」她說。

「算了，你別去了。」

「哦，不行，我要去。弗朗西斯，我可以去嗎？」

「幹嗎不待在帳篷裏啊？」

「説甚麼也沒用，」她說，「今天這種場面我可不願意錯過。」

她剛才走開那會兒，威爾遜一直在想，她躲到一邊去哭的時候，感覺是個好端端的女人。她好像很通情達理，為他和她自己感到痛心，而且知道事情到底是怎麼回事兒。她去了二十分鐘，現在回到這兒來，簡直無異於加上了一層美國女人那種冷酷無情的外殼。她們是最該死的女人。確實是最該死的。

「我們明天再為你上演一齣好戲。」弗朗西斯·麥考博説。

「你別去了。」威爾遜説。

「你這話可不對頭，」她對他說，「我多麼希望看你再表演一次啊。今天早晨，你可真讓人開心。我是說，如果把甚麼東西的腦袋打個稀巴爛叫人開心的話。」

「吃午飯啦，」威爾遜說，「你很高興，是不是？」

「幹嗎不高興呢？我到這兒來可不是自尋煩悶啊。」

「哦，過得並不煩悶吧，」威爾遜說。他可以看見河裏的卵石和河對面那高高的堤岸，上面長着樹木；他想起了早晨發生的事兒。

「哦，一點兒也不煩悶，」她說，「好玩兒極了。還有明天。你不知道我有多麼盼望明天。」

「給你上的是大羚羊肉。」威爾遜說。

「是不是長得像母牛，跳起來像兔子的那種大傢伙？」

「我想你說的是。」威爾遜說。

「味道真鮮美。」麥考博說。

「是你打到的嗎，弗朗西斯？」她問。

「是啊。」

「牠們不危險，對嗎？」

「除非撲到你身上。」威爾遜告訴她。

「我真高興啊。」

「瑪戈特，幹嗎不把你那兇巴巴的勁頭收斂一點兒，」麥考博一邊說，一邊切開羚羊肉排，在叉着一塊肉的弧形叉子上加了一點兒土豆泥、肉汁和胡蘿蔔。

「我覺得我能辦得到，」她說，「既然你把話說得這麼委婉。」

「等到了晚上，咱們喝香檳酒，慶祝打到這頭獅子，」威爾遜說，「中午喝太熱了一點兒。」

「哦，獅子，」瑪戈特說，「我都已經忘了。」

這麼看來，羅伯特·威爾遜心裏暗想，她是在作弄他呢，不是嗎？要不然，你以為她是想演一齣好戲嗎？一個女人發現自己的丈夫是個讓人唾棄的膽小鬼，她會有甚麼舉動？她的心真夠狠的，不過女人的心都夠狠的。當然，她們要佔主導地位，要佔主導地位有時候就得狠心才行。話又說回來了，她們的毒辣手段我也已經見識夠了。

「再來點兒羚羊肉吧。」他彬彬有禮地對她說。

那天下午，時候已經不早了，威爾遜和麥考博連同當地土著司機，還有兩個扛槍的人，一起開車出去。麥考博太太待在野營帳篷裏。她說，這會兒天太熱，沒法出去，明天一大早再跟他們一起去。汽車出發的時候，威爾遜看見她站在那棵大樹下，穿着淡玫瑰紅的卡其布襯衫，她的模樣與其說是漂亮，倒不如說是美麗，她的黑髮從額頭梳向腦後，在脖頸上低低地挽成一個髻，她的面容帶着清新的氣息，他想，就彷彿是從英國來的。她朝他們揮揮手，這時候，汽車正越過一片長得很高的草地，拐了個彎，穿過樹林，開進一座座果木叢生的小山中間。

在果樹叢中，他們發現一群黑斑羚，就下了車，躡手躡腳地靠近一頭老公羊，牠那對長長的角叉得很開；相隔足足兩百碼，麥考博一槍就把牠撂倒了，這一槍真是讓人讚不絕口，那群羚羊驚得彈跳着瘋狂奔逃，牠們高高地揚起腿來，一跳老遠，從彼此的背上一躍而過，像是漂浮一般，令人難以置信，如同一個人有時候在夢中的飛奔一般。

「這一槍棒極了，」威爾遜說，「牠們目標很小啊。」

「腦袋值得保留嗎？」麥考博問。

「很了不得，」威爾遜告訴他，「你的槍法這麼準，應該不會遇上麻煩。」

「你覺得咱們明天能找到野牛嗎？」

「可能性很大啊。野牛一大清早出來吃草，要是走運的話，咱們有可能在原野上碰見牠們。」

「我想甩掉獅子那檔子事兒，」麥考博説，「讓你妻子看見你做出這樣的事兒來，可不怎麼痛快。」

我倒是覺得，更叫人不痛快的是居然能幹出這樣的事兒來，不管妻子有沒有看見，或者是幹了這種事還要拿出來説。不過他回應道：「我壓根兒不再去想了。不管是誰，頭一回遇見獅子都可能會心慌的。這件事兒已經過去了。」

但是，那天晚上，弗朗西斯·麥考博在篝火旁吃過晚飯，上床之前又喝了杯威士忌蘇打，躺在罩着蚊帳的帆布床上，聽着夜晚的種種聲響，這件事還沒有完全過去。既沒有完全結束，也不是正要開始，而是和發生的時候一樣確確實實存在着，有些情景給他留下了不可磨滅的印記，而且還更加深刻了，他感到非常苦惱和羞愧。不過，比羞愧更甚的是，他感到內心有一種寒冷、空洞的恐懼。這種恐懼此時依然存在，像是一個冷冰冰、黏糊糊的空洞，佔據他原來的自信心留下的一片虛空，這讓他感到厭惡。那件事還在纏繞着他。

事情是從昨大夜裏開始的，他醒來的時候，聽見河上游甚麼地方有獅子在吼叫，吼聲非常深沉，末了有點兒像是咕嚕咕嚕的咳嗽聲，聽起來彷彿就在帳篷外面。弗朗西斯．麥考博夜裏醒來聽到這聲音，感到非常害怕。他能聽見妻子平靜的呼吸，這說明她正在睡夢中。他沒有人可以訴說自己的恐懼，也沒有人跟他一起擔驚受怕，只有獨自躺着；他不知道索馬里有句成語，說一個勇敢的人總是會受到獅子的三次驚嚇，那是他第一次看見獅子的腳印，第一次聽到獅子吼叫和第一次與獅子面對面的時候。後來，在太陽出來之前，他們在就餐帳篷裏就着馬燈的光亮吃早飯，那頭獅子又吼叫起來了，弗朗西斯以為牠就在野營帳篷邊上。

「聽聲音是個老傢伙，」羅伯特．威爾遜說着，從自己的鯡魚和咖啡上方抬起頭來，「聽牠在咳嗽呢。」

「離得很近嗎？」

「在河上游一英里左右。」

「咱們能看見嗎？」

「咱們去瞧瞧。」

「牠的吼叫聲能傳得這麼遠嗎？聽上去就像在帳篷裏。」

「能傳得好遠呢，」羅伯特．威爾遜說，「能傳得這麼遠，也真是奇怪。但願可以射到牠。那幫僕人說，這附近有一頭非常大的傢伙。」

「我要開槍的話，」麥考博問，「該往哪兒打才能讓牠動彈不得？」

「打牠兩個肩膀中間，」威爾遜說，「要是你能打準，就打牠的脖子。朝骨頭上打，把牠撂倒。」

「但願我能瞄準。」麥考博說。

「你槍法很棒，」威爾遜對他說，「要不慌不忙，瞄準了牠。頭一槍是最重要的。」

「距離多遠呢？」

「說不準。這要看獅子的情況。在牠靠近到你可以瞄準之前，千萬不要開槍。」

「不到一百碼？」麥考博問。

威爾遜飛快地瞟了他一眼。

「一百碼就差不多了。也許得更近一些才能對付牠。千萬別在大大超過這個距離的情況下開槍。一百碼是個適當的距離。這樣的話，你想要打哪兒就能打哪兒。你太太來了。」

「早啊，」她說，「咱們去找那頭獅子嗎？」

「等你吃過早飯吧，」威爾遜說，「你感覺怎麼樣？」

「好極了，」她說，「我很興奮。」

我去看看是不是全都準備好了，」威爾遜起身正要走開，獅子又吼了起來。

「吵鬧的傢伙，」威爾遜說，「我們會讓你吼不成的。」

「怎麼啦，弗朗西斯？」他的妻子問道。

「沒甚麼。」麥考博說。

「哦，得了吧，」她說，「你為甚麼心煩意亂啊？」

「沒甚麼。」他說。

「告訴我吧，」她看着他說，「你感覺不舒服嗎？」

「都是那該死的吼聲，」他說，「要知道，牠叫了整整一夜。」

「你幹嗎不叫醒我？」她說，「我倒喜歡聽這聲音。」

「我得去幹掉這個該死的傢伙。」麥考博的話音裏帶有幾分苦惱。

「哦，你到這兒來，不就是為了這個嗎？」

「沒錯。不過我很緊張，一聽到這傢伙吼叫，我就心神不定。」

「那好吧，就像威爾遜說的那樣，幹掉牠，讓牠吼不成。」

「話說得不錯，親愛的，」弗朗西斯·麥考博說，「聽起來很容易，對吧？」

「你不是害怕吧？」

「當然不害怕。可我聽牠吼了一整夜，神經很緊張。」

「你會很漂亮地幹掉牠，」她說，「我知道你會的。我都等不及了，真想馬上看到。」

「你吃完早餐，咱們就出發。」

「天還沒亮呢，」她說，「這個時候可不大合適。」

就在這時候，獅子從胸腔深處發出一聲呻吟一般的低吼，一下子變成了粗啞的喉音，聲音震顫得越來越厲害，似乎把空氣都震動了，最後又是一聲嘆息般的吼叫和發自胸腔深處的沉重的咕嚕聲。

「聽上去好像就在這兒一樣。」麥考博的妻子說。

「天哪，」麥考博說，「我討厭這該死的吼叫聲。」

「真是不得了。」

「不得了。簡直太可怕了。」

這時候，羅伯特·威爾遜一副樂呵呵的樣子，帶着他那桿短短的式樣很難看的

505 吉布斯走了過來，槍口大得嚇人。

「來吧，」他說，「給你扛槍的人把你的斯普林菲爾德和那支大槍都帶上了。所有的東西都在車裏。你有實心彈嗎？」

「有。」

「我準備好了。」麥考博太太說。

「一定得讓牠不再亂吼亂叫，」威爾遜說，「你坐前面。太太可以跟我坐後面。」

他們上了汽車，天剛拂曉，在灰濛濛的晨光中，他們穿過樹林，朝河上游駛去。麥考博拉開自己那桿來福槍的槍栓，看了看金屬彈殼的子彈，又推上槍栓，關上保險。他看到自己的手在顫抖。他摸了摸口袋裏的備用子彈，又把手伸到短上衣前胸處，摸了一下帶圈裏的子彈。這輛汽車沒有門，車身像個盒子，他朝後排轉過臉去，見威爾遜坐在他妻子身邊，兩個人興奮得咧嘴直樂，威爾遜向前探過身子，低聲說：「瞧，鳥兒都飛下去了。這就是說，那個老傢伙已經把牠的獵物丟開了。」

麥考博可以看到，在河對岸，有的禿鷲正在樹梢上方盤旋，有的一下子陡然直飛而下。

「牠有可能到這邊來喝水，」威爾遜低聲說，「在去睡覺之前。留神注意着牠。」

他們沿着高高的河岸慢慢向前開，在這裏，河水深深地漫上了佈滿卵石的河床，他們的車子從大樹中間蜿蜒穿過。麥考博望着對岸，他突然感到威爾遜抓住了他的胳膊，車停住了。

「牠在那兒，」麥考博聽到低低的說話聲，「前方靠右。下車去打牠。真是頭頂棒的獅子。」

麥考博此時也看到了那頭獅子。牠幾乎是側立在那裏，揚起大大的腦袋朝着他們這個方向。清晨的微風向他們迎面吹來，撩起了獅子那深色的鬃毛；這頭獅子看上去巨大無比，牠站在岸坡上，在灰濛濛的晨光中形成一個側面剪影，牠肩膀渾厚，圓桶一般的身軀顯得油光水滑。

「牠有多遠？」麥考博一邊問，一邊舉起槍。

「約莫七十五碼。下車去打吧。」

「為甚麼不能在這兒開槍？」

「不能在車上開槍打獅子，」他聽到威爾遜在他耳邊說，「下車去。牠不會整天待在那兒。」

麥考博從前座邊上的弧形缺口跨出來，站在踏板上，接着跨到地面上。那頭獅子還站在那兒，威風凜凜、鎮定自若地朝這邊望過來，牠只能用眼睛的一側看到的東西像頭超級巨大的河馬。沒有人的氣息被吹到牠那裏，牠望着這邊，大大的腦袋微微左右搖擺。牠望着這東西，並不害怕，不過在走下河岸去喝水之前，有這麼一個東西在對面，牠有幾分猶豫，這時候，牠看到從那東西裏下來一個人影兒，就轉過沉重的大腦袋，大搖大擺地朝有樹木遮蔽的地方走去，這當兒，只聽啪的一聲，牠感到一顆.30-06-220谷[6]的實心子彈一下子打進自己的肋腹，打穿了胃，讓牠感到火燒火燎的疼痛，直想嘔吐。牠小跑起來，腳步沉重，步子邁得很大，因為肚子受了重傷，牠搖搖晃晃，穿過樹叢，跑向高高的草叢和可以隱蔽的地方。又是啪的一聲槍響，子彈從牠身旁擦過，撕裂了空氣。接着又是啪的一聲，牠感到子彈打中了牠的下肋，一直穿了進去，牠嘴裏突然湧出泡沫狀的熱乎乎的血，牠朝高高的草叢飛跑過去，這樣就能蜷縮在那裏，不讓人看見，等他們帶着那件會啪啪作響的東西走得足夠近了，牠就能撲向帶着那件東西的人，把他咬死。

麥考博跨出汽車的時候，壓根兒沒有去想獅子會有甚麼感受。他只知道自己的手在哆嗦，他離開汽車的時候，兩條腿幾乎都挪不動了，大腿僵硬，不過他能感覺到肌肉的顫動。他舉起槍，瞄準獅子的腦袋和肩膀連接的地方，然後扣動了扳機。

雖然他拚命扳動，感覺手指頭都要斷了，卻沒有一點兒聲息。他這才想到槍上了保險，於是他放下槍，拉開保險，動作僵硬地向前邁了一步；此刻，那頭獅子看到他的輪廓從汽車的輪廓裏分離出來，就轉身小跑而去，麥考博開槍的時候，聽到砰的一聲，這就是說，子彈打中了，可獅子還在跑。麥考博又開了一槍，大家看到那顆子彈在小跑的獅子前面揚起了一股塵土。他想起應該向下瞄準目標，就又開了一槍，大家都聽見子彈打中了，獅子飛跑起來，沒等他推上槍栓，就鑽進了高高的草叢。

麥考博站在那兒，胃裏很不舒服，他雙手握着那桿斯普林菲爾德槍，還保持着準備射擊的架勢，顫抖個不停，他的妻子和羅伯特．威爾遜站在他身旁。他身邊還有兩個扛槍的人，在用瓦卡姆巴語[7]說着甚麼。

「我打中了，」麥考博說，「中了兩槍。」

「你是打中牠了，打中了牠身子靠前的甚麼地方，」威爾遜乾巴巴地說道。兩個扛槍的人臉色顯得非常陰沉，這會兒一聲不吭。

「你本來有可能把牠打死的，」威爾遜接着說，「咱們得等會兒才能進去找牠。」

「為甚麼這麼說？」

「咱們得等牠不行了，再順着牠留下的痕跡去找。」

「哦。」麥考博應了一聲。

「牠是一頭頂棒的獅子，」威爾遜興高采烈地說，「可牠跑進了一個不大好辦的地方。」

「為甚麼不好辦？」

「你得走到牠身邊才能看到牠。」

「哦。」麥考博說。

「好了，」威爾遜說，「太太可以坐在車裏。咱們去看看血跡。」

「瑪戈特，你待在這兒吧，」麥考博對他妻子說。他的嘴很乾，說話都費勁。

「為甚麼？」

「威爾遜說的。」

「我們去看看，」威爾遜說，「你待在這兒。你在這兒能看得更清楚。」

「好吧。」

威爾遜用斯瓦西里語對司機說了些甚麼。司機點點頭說：「好的，先生。」

接下來，他們走下陡峭的河岸，橫穿過小河，一路上抓着突出的樹根，曲曲折折地在卵石上攀爬，來到河對岸，一直走到麥考博開第一槍的時候獅子逃跑的地方。野草低矮的地面上有深紅色的血迹，扛槍的人用草莖指點着給他們看，那血迹一直延伸到河岸邊的樹林後面。

「咱們怎麼辦？」麥考博問。

「沒別的辦法，」威爾遜説，「咱們沒法兒把車開過來。河岸太陡了。等牠的身體變得僵硬一點兒之後，咱們兩個進去找牠。」

「不能放火燒草嗎？」麥考博問。

「草太青。」

「不能讓人把牠趕出來嗎？」

威爾遜用揣摩的眼光看看他。「當然，咱們能這麼辦。」他説，「不過，這麼做有點兒像是讓人去送命。你瞧，咱們明知道這頭獅子受了傷。你可以驅趕沒受傷的獅子——牠聽見吵鬧聲就會逃跑——但是，一頭受了傷的獅子會撲上來。你發現不了牠，直到你走到牠身邊才會看見。牠會平趴在地上，把自己隱蔽起來，你會認為那兒連隻兔子也藏不下。你不能派手下人到那兒去冒這樣的險。準有人會被獅子傷着。」

「那些扛槍的人呢？」

「哦，他們會跟咱們倆一起去。這是他們分內的事兒。你知道，他們簽了合同就是幹這個的。不過他們看上去不太樂意，是不是？」

「我不想進到那裏面去。」麥考博說。他還沒有意識到自己說了甚麼，話就脫口而出了。

「我也不想進去，」威爾遜非常乾脆地說，「可是真的沒有別的辦法。」緊接着，他又一轉念，掃了麥考博一眼，突然發現他正哆裏哆嗦，臉上掛着一副可憐相。

「當然啦，你沒必要進去，」他說，「你知道，僱我來就是幹這個的。正因為這個給我的價錢才這麼高。」

「你是說，你一個人進去？難道不能把牠丟在那兒？」

羅伯特．威爾遜的全部工作就是對付獅子以及和獅子相關的種種問題，他一直沒有怎麼去想麥考博，只是注意到這個人有點兒神經緊張，此時此刻，他突然感覺自己像是在旅館裏進錯了房門，撞見了一件讓人羞臊的事兒。

「你說這話是甚麼意思？」

「把牠丟下不管難道不行嗎？」

「你是說，咱們假裝根本沒有打中牠？」

「不，就是把牠拋開，不去理睬了。」

「這可不行。」

「為甚麼不行？」

「首先，牠肯定會吃苦頭。再者，也許會有別人碰上牠。」

「我明白了。」

「不過你不一定非得去對付牠。」

「我倒是願意，」麥考博說，「我就是有點兒心慌，你知道。」

「咱們倆進去，我走在前面，」威爾遜說，「讓康戈佬[8]帶路。你跟在我後面，靠邊一點兒。咱們有可能聽見牠的吼叫聲。一看到牠，咱們倆就一起開槍。甚麼也別擔心。我會讓人一直緊跟在你身後。其實，要說起來，也許你還是不去的好。也許不去要好得多。你幹嗎不到河對岸去跟太太待在一起，讓我去了結這件事兒？」

「我，我想去。」

「好吧，」威爾遜說，「不過，你要是不想去的話，就別去了。你知道，這是我分內的事兒。」

「我想去。」麥考博説。

他們坐在一棵樹下抽起煙來。

「你要不要回去跟太太説一聲，我們在這兒等着？」威爾遜問。

「不用。」

「那我走回去，告訴她得耐心點兒。」

「好啊。」麥考博説。他坐在那兒，胳肢窩裏不停地出汗，感覺嘴裏乾乾的，胃裏空空的，他想鼓起勇氣告訴威爾遜，不打算和他一起去幹掉那頭獅子了。他沒能搞明白，威爾遜其實很惱火，恨自己沒有早一點兒注意到他的狀態，沒有趁早打發他回到妻子那兒去。他正坐着，威爾遜走了過來。「我把你的大槍拿來了，」他説，「拿着，咱們已經讓牠消停一陣子了，我覺得。走吧。」

麥考博接過那桿大槍，威爾遜説：

「你要始終跟在我後面，靠右約莫五碼，一切照我説的做。」接着，他用斯瓦西里語跟那兩個扛槍的人説了幾句話，兩個人臉色陰沉沉的。

「咱們走吧。」他説。

「我能喝點兒水嗎？」麥考博問。威爾遜跟那個皮帶上掛着水壺、年長一點兒的扛槍人說了句話，那個人解下水壺，擰開蓋子，遞給麥考博，麥考博接過來，感覺這水壺似乎很沉的樣子，氈製的水壺套在他手裏毛毛糙糙的。他舉起水壺喝水，眼睛望着面前那高高的草叢和草叢後面樹頂平平的叢林。一陣微風朝他們吹過來，野草在風中微微起伏。他看看那個扛槍的人，他看得出來，那個人也在經受恐懼的煎熬。

草叢裏約莫三十五碼的地方，那頭大獅子平趴在地上。牠的耳朵倒向後面，唯一的動作就是微微地上下搖動那條長長的帶有一簇黑毛的尾巴。牠一跑到這個隱蔽所，就準備拚個你死我活。牠那圓滾滾的肚子被打穿了，槍傷讓牠很不好受，還有一槍打穿了牠的肺，害得牠每呼吸一下，嘴裏就冒出稀薄的、帶有泡沫的血，這樣一來，牠就越來越衰弱了。牠的兩肋濕漉漉、熱乎乎，蒼蠅停在牠黃褐色的皮毛被實心子彈打穿的小洞上；那雙黃色的大眼睛帶着仇恨瞇了起來，直視前方，只有呼吸引起疼痛的時候才眨一下；牠的爪子刨進鬆軟乾燥的泥土裏。牠所有的疼痛、難受、仇恨，還有牠餘下的所有力量，全都繃得緊緊的，完完全全聚集起來，準備突然猛撲上去。牠能聽見有幾個人在說話，牠積聚全部的力量，只等那些人走進草叢，就狠命一撲。牠聽着那些人的說話聲，尾巴繃緊了，上下搖動，他們一踏進草叢邊緣，牠就發出一聲咳嗽似的咕嚕聲，猛撲上去。那個年長些的扛着槍的康戈人循着血迹在前面領路；威爾遜留神觀察草叢裏的動靜，他那桿大槍已經準備停當；另一個扛槍的人向前張望，留心聽着聲響；麥考博緊挨着威爾遜，他那桿來福槍也做好了射擊準備。他們剛走進草叢，麥考博就聽見被血哽住的咳嗽似的咕嚕聲，看見草叢裏有東西刷的一聲撲了出來。接下來，他只知道自己撒腿就跑，一陣驚慌失措，發瘋一般逃到空地上，又朝小河邊跑去。

他聽見一聲「哢嚓—轟隆」，那是威爾遜的大來福槍，接着又是一聲震耳欲聾的「哢嚓—轟隆」！他一轉身，看到了那頭獅子，現在牠那副模樣真是可怕，半個腦袋幾乎沒有了，正朝站在高高的草叢邊緣的威爾遜爬過去，那個紅臉漢正給他那支難看的短槍推上槍栓，小心瞄準，接着槍口裏又發出一聲爆裂的「哢嚓—轟隆」，那頭拖着沉重、龐大的黃色身軀緩慢爬行的獅子一下子僵硬了，那顆巨大的、殘缺不全的腦袋也向前栽了下去；麥考博獨自一人站在自己剛才跑過的空地上，手裏拿着一支裝着子彈的來福槍，兩個黑人和一個白人回過頭來，輕蔑地望着他，他知道獅子死了。他朝威爾遜走了過去，他那高高的個子明擺着簡直就是丟人現眼，威爾遜看着他說：

「照相嗎？」
「不要。」他說。
除此之外誰也沒有開口說話，直到走到汽車跟前，威爾遜才說：
「真是一頭頂棒的獅子。手下人會把皮剝下來，咱們還是在這兒待在陰涼裏吧。」
麥考博的妻子沒有看他，他也沒有看自己的妻子；他們倆並排坐在後面，威爾遜坐在前面的座位上。麥考博有一次伸出手去，握住了妻子的一隻手，眼睛卻沒有望過去，妻子把手從他手裏抽了出來。他的目光越過那條河，落在對岸扛槍的人正在剝獅子皮的地方，他心裏明白，妻子剛才可以看得到整個過程。他們坐在那兒，他的妻子向前湊過去，把一隻手放在威爾遜的肩膀上。威爾遜扭過頭來，她從低低的座位上向前探過身去，在他的嘴唇上親了親。
「噢，啊呀。」威爾遜說着，那張天生紅通通的臉變得更紅了。
「羅伯特·威爾遜先生，」她說，「漂亮的紅臉膛羅伯特·威爾遜先生。」
然後她在麥考博身邊坐下來，扭頭張望河對岸獅子躺着的地方，獅子那兩條剝掉了皮的前腿朝天伸着，露出白色的肌肉和肌腱，還有鼓鼓的白肚子，幾個黑人正在颮皮上的肉。最後，扛槍的人把又濕又沉的獅子皮抬了過來，上車前先把皮捲好，然後帶着獅子皮爬到汽車後面，車隨即就發動了。回營地的路上，所有的人都一聲不吭。

這就是獅子的故事。麥考博不知道那頭獅子在發動襲擊之前是甚麼感覺，也不知道牠在發動襲擊的時候，一顆初速為每小時兩百英里的 .505 子彈以難以置信的猛擊打在牠的嘴上，牠又是甚麼感覺。當獅子經受了致命的第二次槍擊，後半身被打得不成樣子，還朝那個摧毀了自己的東西，那個發出砰砰的爆炸聲的東西爬過去，那到底是一種甚麼樣的力量在支撐着牠，麥考博也不知道。威爾遜對此是有所感觸，他只用一句話來表達：「頂頂棒的獅子。」但是麥考博不知道威爾遜對這些事情的看法。他也不知道自己的妻子有甚麼感覺，只知道她跟他鬧翻了。

妻子以前也跟他鬧翻過，不過從來沒有持續很長時間。他很有錢，而且還會更有錢，他知道，如今她永遠也不會離開自己。這是他確確實實心裏有數的幾件事情之一。他很清楚這個，他還了解摩托車——這是最早時候的事兒——他對汽車、打野鴨、捕魚都在行，知道鱒魚、鮭魚、大海魚，他還了解書本裏的性知識，他讀過很多書，讀過太多的書，知道所有的場地球類運動，他熟悉狗，不怎麼熟悉馬，他知道緊緊抓住自己的錢不放手，知道自己那個圈子裏其他人幹的大多數事情，還知道妻子不會離開自己。他的妻子一直是個大美人兒，在非洲也仍然是個大美人兒，不過，在美國，她要是想離開他，過上更闊綽的日子，她這位大美人就不怎麼夠格兒了，這一點兒她自己心知肚明，他也清楚。她已經錯過了離開他的機會，這個他知道。如果他和女人打交道頗有一手的話，她也許會開始感到不安，擔心他另外娶一位年輕漂亮的妻子；不過，她對他太了解了，根本不擔心他產生這個念頭。再說，他的忍耐力很強，如果說這不是他的致命弱點，那似乎就是他最大的優點了。

總之，大家認為他們是比較幸福的一對，屬那種經常被謠傳要分道揚鑣，但從來沒有真的各奔東西的夫妻，正如一個社會生活專欄作家所說的那樣，他們深入到非洲內陸打獵，並不僅僅給他們那令人羨慕不已的永恆愛情增加了一層冒險色彩。在人們眼裏看來，在馬丁．約翰遜[9]夫婦多次將牠搬上銀幕之前，這是一片黑暗的大陸。他們在那裏捕獵獅子，還有野牛啦，大象啦，還為自然歷史博物館收集標本。那位專欄作家過去至少有三次報道過他們瀕於分手，事實也的確如此。不過，他們總是言歸於好。他們的結合有着堅實的基礎。瑪戈特長得太漂亮了，麥考博難以割捨，麥考博太有錢了，瑪戈特也不願意離開他。

弗朗西斯·麥考博不去想那頭獅子之後，睡着過一會兒，醒了一陣接着又睡着了，這時候約莫淩晨三點鐘，他在夢中突然被那頭居高臨下、腦袋血淋淋的獅子驚醒了，他聽了聽動靜，心怦怦直跳，發現妻子不在帳篷裏的另一張帆布床上。他心裏牽掛着這件事兒，兩個鐘頭躺在那兒睡不着。

過了兩個鐘頭，妻子走進帳篷，撩起蚊帳，舒舒服服地爬上了床。

「你去哪兒了？」麥考博在黑暗中問道。

「嗨，」她說，「你醒着呢？」

「你去哪兒了？」

「不過就是出去呼吸一下新鮮空氣。」

「你幹的好事兒，真見鬼。」

「你要我說甚麼呢，親愛的？」

「你去哪兒了？」

「出去呼吸新鮮空氣。」

「這倒是一個新鮮的說法。你這個潑婦。」

「喔，你是個膽小鬼。」

「就算是吧，」他說，「那又怎麼樣？」

「對我來說沒甚麼。不過，求你別跟我說話了，親愛的，我睏得很。」

「你以為我甚麼都能忍受。」

「我知道你會的，寶貝兒。」

「噢，我受不了。」

「好了，親愛的，咱們別聊了，我睏極了。」

「這種事不能再發生了。你答應過不這麼幹了。」

「哦，這回我又來了。」她柔情蜜意地說。

「你說過，咱們這次要是出來旅行，這種事情絕不會發生。你答應過。」

「沒錯兒，親愛的。我是這麼打算的。可是，這次旅行昨天給弄糟了。咱們沒有必要非得談這個，不是嗎？」

「你一有機會就迫不及待，是不是？」

「求你別跟我說話了，親愛的，我睏得很。」

「我就要說。」

「那麼，我要睡了，你別介意啊。」接下去，她真的睡着了。

天還沒亮，他們三個人就全坐在桌子旁邊吃早餐了，弗朗西斯．麥考博發現，在他討厭的所有人當中，他最最討厭的是羅伯特．威爾遜。

「睡得好嗎？」威爾遜一邊裝煙斗，一邊用沙啞的聲音問道。

「你呢？」

「好極了。」這個白種獵人告訴他。

你這個混蛋，麥考博暗想，你這個厚顏無恥的混蛋。

看來她進去的時候把他給弄醒了，威爾遜想，他用毫無表情的冷漠眼神看着他們倆。那麼，他幹嗎不讓他妻子待在應該待的地方呢？他把我當成了甚麼，一尊該死的石膏聖徒像嗎？誰叫他不讓自己的妻子待在她應該待的地方呢？這是他自己的過錯。

「你覺得咱們能找得到野牛嗎？」瑪戈特一邊問，一邊推開一碟子杏兒。

「有可能啊，」威爾遜衝她微笑着說，「你幹嗎不待在營地？」

「我才不幹呢。」她告訴他。

「幹嗎不吩咐她待在營地裏？」威爾遜對麥考博說。

「你吩咐她吧。」麥考博冷冷地說。

「別說甚麼吩咐不吩咐的了，」瑪戈特轉向麥考博，高高興興地說，「也別犯傻了，弗朗西斯。」

「你準備好出發了嗎？」麥考博問。

「隨時都能，」威爾遜對他說，「你想讓你太太去嗎？」

「我想不想有甚麼不一樣嗎？」

去他媽的，羅伯特．威爾遜心裏暗想。真他媽的見鬼了。看來事情鬧成了這個樣子。唉，那就只有這樣了。

「沒甚麼不一樣的。」他說。

「你真的不想跟她一起待在營地裏，讓我去打野牛嗎？」麥考博問。

「這可不行，」威爾遜說，「我要是你，就不這麼胡說八道。」

「我沒胡說。我感到厭惡。」

「厭惡，這不是個好詞兒。」

「弗朗西斯，請你說話盡量通情達理點兒行不行？」他妻子說。

「我說話太他媽的通情達理了，」麥考博說，「你吃過這麼髒的東西嗎？」

「吃的東西有甚麼不對勁兒嗎？」威爾遜平靜地問。

「也不比別的更不對勁兒。」

「我會讓你鎮定下來的，你這個爆筒子，」威爾遜心平氣和地說，「伺候吃飯的僕人有一個懂一點兒英語。」

「讓他見鬼去吧。」

威爾遜站起身來，一邊抽着煙斗，一邊踱開去，用斯瓦西里語跟一個站在那兒等他的扛槍人說了幾句話。麥考博和妻子坐在桌旁。麥考博盯着自己的咖啡杯。

「你要是大吵大鬧，我就離開你，親愛的。」瑪戈特平靜地說。

「不，你不會的。」

「你可以試試看。」

「你不會離開我的。」

「沒錯兒，」她說，「我不會離開你，可你得規矩點兒。」

「我規矩點兒？這話說得真妙。我規矩點兒。」

「沒錯兒。你得規矩點兒。」

「你自己怎麼不試着規矩點兒？」

「我試了好久啦。好長好長時間了。」

「我討厭那個紅臉膛的混蛋，」麥考博說，「我一看見他就惱火。」
「他真的是個大好人。」
「噢，別說啦。」麥考博幾乎大嚷起來。這時候，汽車開過來了，停在就餐帳篷前，司機和兩個扛槍的人下了車。威爾遜走過來，看着坐在桌邊的夫妻倆。
「去打獵嗎？」
「去，」麥考博說着站起身來，「去啊。」
「最好帶件毛衣。車上會冷的。」威爾遜說。
「我去拿上皮夾克。」瑪戈特說。
「那個僕人拿來了。」威爾遜告訴她。他和司機上了前座，弗朗西斯·麥考博和妻子默不作聲地坐在後排。
但願這個愚蠢的可憐蟲不會突發奇想，從後面打爛我的腦袋，威爾遜暗自想道。打獵帶個女人真麻煩。
在灰濛濛的晨光裏，汽車吱吱嘎嘎地開下佈滿卵石的河灘，涉水過河，又斜向攀上陡岸，早在前一天威爾遜就吩咐鏟出一條路來，這樣他們就能開到對岸這個樹木叢生、連綿起伏，如同獵苑一般的地方。

真是個美好的早晨，威爾遜想。露水很重，車輪從野草和低矮的灌木叢中輾過的時候，他能聞到被壓碎的蕨類植物的葉子散發出的氣味。那種氣味像是馬鞭草，汽車穿行在這片人跡罕至、獵苑一般的地方，他喜歡這種清晨的露水味道，還有輾碎了的蕨葉氣味，也喜歡看在清晨的霧氣中顯得黑魆魆的樹幹。此時此刻，他已經不再去想後座上那兩位了，一心只想着野牛。他要找的野牛白天待在泥濘的沼澤地裏，根本不可能打到，不過，到了晚上，牠們就會出來，到這一帶的空地上找東西吃，要是他能用汽車把野牛和沼澤隔開，麥考博就有了大好時機，可以在空曠的地方打到牠們。他可不想和麥考博一起在樹蔭稠密的隱蔽地點打野牛。他根本就不願意跟麥考博一起打野牛或是別的甚麼，可他是個職業獵手，這輩子曾經和一些異乎尋常的人一道打過獵。如果他們今天能打到野牛，那就只剩下犀牛了，這個可憐的傢伙經歷了自己的危險遊戲，事情可能就好辦了。他不會再跟那個女人有甚麼來往，麥考博也就不會為此耿耿於懷了。看樣子他準是經受過不少這樣的事兒。可憐的傢伙。他肯定有辦法忘掉。唉，這個可憐的小子，純粹是他自找的。

他，羅伯特．威爾遜，在遊獵途中總是帶一張雙人帆布床，好接納可能碰上的豔遇。他曾經陪同一些主顧打獵，那是一夥來自不同國家的人，放蕩不羈，花天酒地，那些女人要是不和他這個白種獵人在那張帆布床上睡過覺，就感覺自己的錢花得不值當。他和他們分別之後，很瞧不起那些人，儘管有幾個人他當時還算喜歡，不過他是靠這些人過活的；只要他們僱用了他，他就得遵從他們的準則。

在所有方面，他都得遵從他們的準則，但射獵除外。打獵他有一套自己的準則，他們要麼遵守這些準則，要麼另外僱人陪他們打獵。他也知道，他們都為這個而尊重他。不過，這位麥考博是個古怪的傢伙。他要不怪才見鬼呢。還有他那位妻子。唉，那位妻子。沒錯兒，那位妻子。嗯，那位妻子。得了，他已經把這一切都拋開了。他回身掃了他們一眼。麥考博坐在那兒鐵板着臉，怒氣沖沖的樣子。瑪戈特衝他微微一笑。今天她看上去好像更年輕，更天真無邪，也更嬌嫩，不是那種矯揉造作的漂亮。天知道她心裏在琢磨甚麼，威爾遜想。昨天晚上她說話不多。想到這個見到她還是很愉快的。

汽車爬上一個緩坡，穿過樹林，然後駛進一片長滿野草，像是大草原一樣的空地，沿着邊緣在樹蔭的遮蔽下向前開，司機放慢了速度，威爾遜放眼張望，仔細觀察這片草原盡頭的輪廓。他吩咐停車，用雙筒望遠鏡細細察看這片空地。隨後他示意司機繼續開車，汽車慢慢開動了，司機一路上避開一個個疣豬洞，繞過一座座螞蟻建起的土堡。接着，威爾遜眺望了一下那片空地，突然轉過身來說：

「天啊，牠們在那兒呢！」

汽車一躍向前，威爾遜用斯瓦西里語急促地對司機説了句甚麼，麥考博順着他指的方向望過去，看見三條體態龐大的黑野獸，身體又長又笨重，簡直是個大圓筒，如同黑乎乎的大油槽車一般，正順着開闊的草原盡頭的邊緣疾馳而過。牠們飛奔起來，脖子僵直，身體也緊繃繃的，狂跑的時候伸出了腦袋，他可以看到那向上翹起的寬闊的黑犄角；牠們的腦袋則一動不動。

「那是三頭老公牛，」威爾遜説，「咱們先切斷牠們的後路，讓牠們不能跑進沼澤。」

汽車以每小時四十五英里的速度瘋狂地穿越那片空地，野牛在麥考博眼裏變得越來越大，最後他終於可以清楚地看見一頭龐大的公牛，牠那灰色的、沒有毛的軀體長滿了疥癬，脖子和肩膀渾然一體，黑色的犄角閃閃發亮，牠稍稍落後一點兒，幾頭野牛邁着穩健的步伐，排成一隊，以橫衝直撞的架勢向前飛奔；緊接着，汽車搖晃了一下，好像是剛剛躍過一條路，他們快要趕上了，麥考博都能看見向前猛衝的公牛那龐大的身軀，皮上的毛稀稀落落，滿是塵土，寬闊的犄角張得大大的，口鼻向外突出，鼻孔很大；他舉起來福槍，威爾遜大喊道：「別在車上射擊，你這蠢貨！」麥考博並不感到害怕，只是很厭惡威爾遜；這時候刹車已經踩下，汽車還在滑行，向一側斜了過去，還沒等停穩，威爾遜就從一邊下了車，他從另一邊下了車，腳踏在仍在快速移動的地面上，打了個趔趄，他緊接着就朝那頭正在逃跑的野牛開槍射擊，聽到一顆顆子彈劈劈啪啪地打在野牛身上，野牛步伐穩健地逃開去，他對着那頭野牛把子彈全打光了，這才想起要直衝着肩膀開槍，他正在笨手笨腳地裝子彈，這會兒工夫看見那頭野牛倒了下去。牠跪在地上，大腦袋向後一甩，麥考博看見另外兩頭還在飛奔，就朝領頭的那頭開了一槍，打中了。他又開了一槍，沒打中目標，這時只聽一聲「唡嚓—轟隆」，威爾遜開槍了，他眼見那頭領先的野牛鼻子向前栽倒在地上。

「幹掉另一頭，」威爾遜說，「你快開槍啊！」

但是那頭野牛以穩健的步伐飛快地跑着，他沒能打中，子彈揚起一股塵土；威爾遜也沒打中，塵土像雲霧一般升騰起來，威爾遜喊了一聲：「來吧，牠離得太遠了！」說着一把抓住他的胳膊，兩人又上了車，麥考博和威爾遜緊緊抓住汽車的兩側，汽車在崎嶇不平的路面上搖搖晃晃地飛馳向前，逼近那頭公牛，牠還是穩步如飛，脖子沉沉下垂，一個勁兒向前直衝。

他們趕到野牛身後的時候，麥考博正在裝子彈，把彈殼丟到地上，不料槍給卡住了，他排除了故障，這時眼看就要趕上那頭野牛了，威爾遜大喊一聲「停車」，汽車一個側滑，差點兒翻倒，麥考博險些向前栽去，但還是站住了腳，他猛地一推槍栓，盡可能靠前瞄準那頭飛奔而去的野牛的圓滾滾的黑色後背，他開了一槍，緊接着又瞄準開了一槍，然後一槍接着一槍，子彈顆顆都打中了，可他看不出對野牛有甚麼影響。接下來，威爾遜也開槍了，轟隆聲幾乎把他的耳朵都震聾了，他能看出那頭野牛腳步搖晃起來。麥考博仔細瞄準，又開了一槍，野牛倒下來，跪在了地上。

「好極了，」威爾遜說，「幹得不錯。一共三頭。」

麥考博像喝醉了一樣興高采烈。

「你開了幾槍？」他問。

「只開了三槍，」威爾遜說，「你打死了第一頭公牛。最大的那頭。我幫你幹掉了另外兩頭。我怕牠們逃到隱蔽的地方去。是你把牠們打死的。我不過是幫你掃尾罷了。你的槍法真他媽的棒。」

「咱們上車吧，」麥考博說，「我想喝點兒甚麼。」
「先得把那頭公牛幹掉，」威爾遜對他說。那頭野牛跪在地上，他們走近的時候，野牛暴怒地搖晃着腦袋，瞪着凹陷的小眼睛，大聲吼叫。
「當心，別讓牠站起來，」威爾遜提醒道，接着又說，「稍微靠側面一點兒，打牠的脖子，耳朵靠後的地方。」
麥考博仔細瞄準牠那巨大的、狂怒之下來回扭動的脖子，朝正中開了一槍。槍聲剛落，牠的腦袋就向前垂了下去。
「好了，」威爾遜說，「打中了脊骨。牠們的模樣倒是很好看，是不是？」
「咱們去喝點兒東西，」麥考博說。他這輩子還從來沒有感覺這麼痛快過。
麥考博的妻子坐在車裏，臉色煞白。「你太棒了，親愛的，」她對麥考博說，「車開得真是驚險刺激。」
「顛簸得厲害嗎？」威爾遜問。
「真嚇人，我這輩子從來沒有這麼心驚膽戰。」
「咱們都來喝點兒。」麥考博說。
「那敢情好，」威爾遜說，「先給你太太吧。」她接過酒瓶喝了口純威士忌，嚥下去的時候打了個冷戰。她把酒瓶遞給麥考博，麥考博又給了威爾遜。

「真是驚險刺激啊，」她說，「把我折騰得頭疼得要死。我不知道還能從車上朝野牛開槍呢。」

「沒有人從車上開槍。」威爾遜冷冷地說。

「我是說開車追趕野牛。」

「一般不這麼幹。」威爾遜說，「可咱們這麼做我覺得也算是堂堂正正的。開車越過原野去打獵，地上到處都是洞穴甚麼的，這比步行冒的風險更大。咱們每次開槍，野牛要是想攻擊咱們的話也能辦得到啊。每次都給牠機會了。不過，這件事別跟任何人提起。如果按你說的意思，這是不合法的。」

「照我看這好像很不公道，」瑪戈特說，「開車追趕那些走投無路的大傢伙。」

「是嗎？」威爾遜問道。

「要是他們在內羅畢聽說這樣的事兒，結果會怎樣？」

「首先我的執照會被吊銷。其次還會鬧得很不愉快。」威爾遜說着，舉起酒瓶喝了一口，「我就失業了。」

「真的嗎？」

「真的。」

「嗨，」麥考博說，「這下她抓住你的把柄了。」這一整天他頭一回露出笑容。

「你的口才可真漂亮，弗朗西斯，」瑪戈特．麥考博說。威爾遜看着他們倆，心想，如果一個粗俗傢伙娶了個下賤女人，他們的孩子得是甚麼樣？可他嘴裏說的卻是，「咱們丟了一個扛槍的人，你們發現了嗎？」

「天哪，沒有啊。」麥考博說。

「他來了，」威爾遜說，「他沒事兒。準是在咱們丟下第一頭野牛的地方摔下去了。」

那個中年的扛槍人一瘸一拐地走了過來，戴着一頂針織帽，穿着卡其布短上衣、短褲和橡膠涼鞋，臉色陰沉沉的，很氣憤的樣子。他走過來，用斯瓦西里語對威爾遜大聲說了些甚麼，所有的人都看見那個白種獵人的臉色一下子變了。

「他說甚麼？」瑪戈特問。

「他說第一頭公牛站了起來，走到灌木叢裏去了。」威爾遜用呆板的聲音回答道。

「哦。」麥考博淡淡地應了一聲。

「這麼說事情又要跟那頭獅子一樣了？」瑪戈特充滿期待地問道。

「跟那頭獅子的情況一點兒都不一樣，」威爾遜對她說，「你還想再喝點兒嗎，麥考博？」

「好吧，謝謝。」麥考博說。他以為自己會再次產生原先對獅子的那種感覺，但卻沒有。他這輩子頭一回完全沒有感覺到恐懼。他不但不害怕，反而感到興致勃勃。

「咱們去看看第二頭野牛吧。」威爾遜說，「我去告訴司機把車停在樹蔭裏。」

「你們去幹甚麼？」瑪格麗特．麥考博問。

「看看那頭野牛。」威爾遜說。

「我也去。」

「走吧。」

他們一行三人來到第二頭野牛躺着的空地上，龐大的身軀黑乎乎的，腦袋向前擱在草地上，大大的犄角叉得很開。

「牠的腦袋真叫棒，」威爾遜說，「犄角伸展開來有將近五十英寸呢。」

麥考博非常高興地打量着野牛。

「難看死了，」瑪戈特說，「咱們能不能到樹蔭裏去啊？」

「當然可以，」威爾遜說。「瞧，」他用手指着對麥考博說，「看見那片灌木叢了嗎？」

「第一頭公牛就是走進那裏面去了。扛槍的人說，他摔下去的時候，那頭牛躺在地上。那人看見咱們拚命追趕，另外兩頭公牛飛快地逃跑。他抬頭一看，看見那頭牛站了起來，正望着他呢。扛槍的人嚇得沒命地跑，那頭牛慢慢地走進灌木叢裏去了。」

「現在咱們能進去找嗎？」麥考博急切地問。

威爾遜用審視的目光看着他。他要不是個古怪的傢伙才見鬼呢，威爾遜想。昨天他給嚇壞了，今天又徹頭徹尾成了個天不怕地不怕的人了。

「不行，咱們讓牠待會兒吧。」

「咱們還是到樹蔭裏吧，」瑪戈特說。她臉色蒼白，看樣子不大舒服。

汽車停在一棵孤零零的、枝繁葉茂的樹下，他們走過去上了車。

「牠有可能已經死在那兒了，」威爾遜說，「等會兒咱們去看看。」

麥考博感到一種以前從未體驗過的、不可思議的狂喜。

「天哪，那是一場追獵，」他說，「我從來沒有過這種感覺。這難道不是棒極了嗎，瑪戈特？」

「我感到討厭。」

「為甚麼？」

「我感到討厭，」她尖酸刻薄地說道，「我不喜歡。」

「告訴你，我覺得我再也不會害怕甚麼東西了，」麥考博對威爾遜說，「打咱們頭一次看見野牛開始追趕的時候起，我就一下子變了。像是堤壩決口一樣。那是一種極度的興奮。」

「膽子一下子大了起來，」威爾遜說，「在人身上甚麼奇怪的事情都會發生。」

麥考博的臉泛着亮光。「告訴你，我變了，」他說，「我感到完全不一樣了。」

他妻子一言不發，神情古怪地看着他。她向後靠坐在座位上，麥考博向前探着身子和威爾遜說話，威爾遜側過身來，在前座的靠背上方跟他交談。

「聽我說，我想再試着打一頭獅子。」麥考博說，「我現在真的不怕獅子了。說到頭來，牠們能把你怎麼樣呢？」

「就是這個道理，」威爾遜說，「人能做出的最可怕的事情莫過於置你於死地。

怎麼說的來着？那是莎士比亞說的。看我還記得嗎。哦，說得真是太好啦。有段時間我經常對自己引用這幾句。咱們來聽聽。『說真的，我並不在意死亡；人只能死一次；我們都欠上帝一次死亡；不論怎麼個死法，今年死了明年就不再會有。』真精彩，嗯？」

他把自己信守的人生格言說了出來，感到很尷尬，不過，他以前見過男子長大成人的情景，他總是為之感動。這跟他們的二十一歲生日不是一回事兒。

通過這次奇怪的打獵經歷，這次事先沒有機會忐忑不安的倉促上陣，麥考博變得成熟了，不管事情是怎麼發生的，但確確實實發生了。現在再來看這個傢伙，威爾遜想。他們有些人在很長一段時間裏始終是個孩子，威爾遜暗想，有的人一輩子都是。到了五十歲人還是一團孩子氣。十足的美國大孩子。真是奇怪得要命。不過他現在開始喜歡這個麥考博了。真是個奇怪透頂的傢伙。也許他從此不會再戴綠帽子了。這傢伙與許害怕了一輩子。不知道是怎麼造成的。可現在都過去了。剛才根本沒時間去害怕野牛。就是這麼回事兒，加上他正在惱怒之下。還有汽車的關係。汽車使這一切顯得不那麼陌生。現在他成了一個天不怕地不怕的人啦。他在戰爭中見過同樣的情形。比喪失童真的變化更大。恐懼一下子就消失了，像動手術割除一般。別的東西滋生出來，取代了恐懼。這是一個男人最重要的東西。有了這東西，他才成為一個男人。女人也明白這一點。那就是毫不畏懼。

瑪格麗特·麥考博縮在座位的角落裏，瞧着他們兩個。威爾遜毫無變化。在她眼裏，威爾遜和她昨天見到的一模一樣，當時她頭一回發現他有多麼大的本事。可現在，她發現弗朗西斯·麥考博變了。

「對於將要發生的事情，你有一種快活的感覺嗎？」麥考博問，他還在探究自己新得到的財富。

「你不該提起這個，」威爾遜盯着他的臉，說，「還是說說自己感到恐慌要時髦得多。提醒你一下，你還會感到恐慌的，次數還多着哪。」

「不過，對於將要幹的事兒，你有一種快活的感覺嗎？」

「有啊，」威爾遜說，「是有這種感覺。別老是說個沒完沒了。翻來覆去地說就沒意思了。不管甚麼事兒，要是嘮叨個沒完就沒勁了。」

「你們倆全是胡扯，」瑪戈特說，「你們不過是坐着汽車追趕幾頭走投無路的動物罷了，說起話來就跟英雄好漢一樣。」

「對不起，」威爾遜說，「我太誇誇其談了。」她已經為這個感到擔心了，他暗想。

「要是你不明白我們在談些甚麼，幹嗎還要插嘴呢？」麥考博問妻子。

「你變得真是太勇敢了，突然之間勇敢起來了，」妻子輕蔑地說，不過她對自己的輕蔑心裏沒底。她對某種東西感到害怕。

麥考博哈哈大笑起來，那是一種自然流露出來的發自內心的歡笑。「你知道我變得勇敢了，」他說，「我真的變了。」

「是不是有點兒晚了。」瑪戈特尖酸地說。好多年來，她盡了自己最大的努力，眼下他們之間的關係弄成這個樣子並不是一個人的過錯。

「對我來說並不晚啊。」麥考博說。

瑪戈特默不作聲，靠後縮在座位的角落裏。

「你覺得咱們讓牠待得夠長了嗎？」麥考博高高興興地問威爾遜。

「咱們可以去瞧瞧，」威爾遜說，「你還有實心子彈剩下嗎？」

「扛槍的人還有。」

威爾遜用斯瓦西里語喊了一聲，那個年紀大點兒的扛槍人正在給一頭野牛的腦袋剝皮，他站起身來，從口袋裏掏出一盒實心子彈，走過來遞給麥考博。麥考博往彈倉裏裝滿子彈，把剩下的放進口袋。

「你還是用那桿斯普林菲爾德來射擊的好，」威爾遜説，「你用慣了。咱們把曼利切留在車上，給你太太。你的扛槍人可以背上你那桿大槍。我用這支該死的火銃。這會兒我跟你説説野牛吧。」他把這話留到最後才説，是因為他不想讓麥考博擔憂。「野牛跑過來的時候，總是高昂着腦袋，直衝過來。牠犄角上的凸起部份保護着牠的腦子，怎麼都打不進去。子彈只能從牠的鼻子裏直打進去。除此以外，就只能從牠的胸脯射進去，要是你在側面的話，就打牠的脖子或者肩膀。牠們被打中一次之後，要幹掉牠們就大費周折了。別胡思亂想，嘗試甚麼花招。朝最得心應手的地方開槍。他們已經把牛頭上的皮剝下來了。咱們現在就出發？」

他招呼那兩個扛槍的人，兩人擦擦手，走了過來，年紀稍大的那個上了車的後排。

「我只帶上康戈佬，」威爾遜説，「剩下那個留在這兒把鳥趕開。」

車慢慢地穿過空地，朝那片像小島一般的灌木叢開去，那是一道綠意盎然的狹長地帶，順着穿過開闊窪地的乾涸河道向前延伸。麥考博感覺自己的心怦怦直跳，他嘴裏又開始發乾，不過這次是興奮，不是恐懼。

「牠是從這兒進去的。」威爾遜說。他又用斯瓦西里語對扛槍的人說，「你找找血迹。」

汽車停了下來，和灌木叢平行。麥考博、威爾遜和那個扛槍的人下了車。麥考博回頭瞧了瞧他的妻子，她身邊擱着那桿來福槍，正朝他看着。他向她揮揮手，她沒有揮手作答。

前面的灌木叢長得密密匝匝，地面很乾燥。人到中年的扛槍人大汗淋漓，威爾遜把帽子壓到眼睛上方，他那紅紅的脖子正在麥考博面前。那個扛槍的人突然用斯瓦西里語對威爾遜說了句甚麼，跑向前去。

「牠已經死在那兒了。」威爾遜說，「幹得好。」他轉身抓住麥考博的手，兩人握着手，相視咧嘴大笑，就在這當兒，那個扛槍的人發瘋似的大叫起來，他們看見他像隻螃蟹一樣飛快地斜着身子從灌木叢裏跑出來，緊接着那頭公牛也出來了，鼻子向前伸着，緊閉着嘴，鮮血淋漓，大腦袋直挺挺的，猛衝過來，野牛望着他們，凹陷的小眼睛血紅血紅的。威爾遜一人當先，跪在地上射擊，麥考博開槍的時候，根本聽不見自己的槍聲，因為威爾遜的槍響聲太大了，他只看見牛角那大大的凸起部份像石板一樣碎片紛飛，野牛的腦袋猛地向後一仰，他朝那大大的鼻孔又開了一槍，只見野牛的犄角搖晃了一下，碎片四處飛濺；此時，他看不見威爾遜，野牛那龐大的身軀眼看就撲到他身上了，他的來福槍差不多和拱着鼻子直衝上來的牛腦袋處在一個水平線，麥考博仔細瞄準，又開了一槍，他能夠看清楚那雙惡狠狠的小眼睛，還眼見那顆腦袋開始往下耷拉，他感到有一道白熱炫目的閃電在頭腦裏突然爆開，這就是他的全部感覺。

剛才，威爾遜閃到一邊，貓腰瞄準野牛的肩膀開槍，麥考博站得穩穩當當，朝野牛的鼻子開槍，每次都偏高一點兒，打中了沉重的犄角，就像打中了石板瓦屋頂一樣，飛濺出無數碎片和碎屑。汽車裏的麥考博太太，眼看野牛的犄角就要撞上自己的丈夫，就用那支6.5口徑的曼利切向野牛開了一槍，正打中了麥考博的顱底骨靠上約莫兩英寸的地方，稍稍偏向一側。

弗朗西斯·麥考博躺在地上，臉朝下，在不到兩碼遠的地方，側躺着那頭野牛。麥考博的妻子俯身跪在他一邊，身旁是威爾遜。

「我不會把他翻過來的。」威爾遜說。

那個女人歇斯底里地痛哭起來。

「要是我，就回到車上去了。」威爾遜說，「那支來福槍在哪兒？」

她搖搖頭，臉都扭曲變形了。那個扛槍的人撿起了來福槍。

「擺在老地方，」威爾遜說。接着，他又吩咐道：「去把阿布杜拉找來，讓他見證事發的情況。」

他跪下去，從口袋裏掏出一條手帕，蓋在躺在原地的弗朗西斯·麥考博的頭上，麥考博的頭髮剪得像水手一樣短。血滲進了乾燥疏鬆的泥土裏。

威爾遜站起身來，看看側躺在地上的野牛，那野牛四條腿伸得筆直，肚子上的毛稀稀落落，爬滿了虱蠅。「頂頂棒的一頭野牛，」他情不自禁地估量起來，「兩隻角之間最大的距離足有五十英寸，或者更長。五十英寸還出頭兒呢。」他叫來司機，吩咐他給屍體蓋上氈子，守在旁邊。然後，他走到汽車跟前，那個女人正縮在角落哭泣。

「幹得真漂亮，」他用乾巴巴的聲調說，「他反正也會離開你的。」

「別說啦。」她說。

「當然，這是一場意外，」他說，「我知道。」

「別說啦。」她說。

「別擔心，」他說，「免不了會有一連串不愉快的事情，不過我會讓人拍些照片，訊問的時候會非常有用的。扛槍的人和司機也能作證。你不會有任何麻煩的。」

「別說啦。」她說。

「還有好多事兒要辦呢，」他說，「我得派輛卡車到湖邊去發電報，要一架飛機把咱們三個送到內羅畢。你幹嗎不索性毒死他呢？在英國他們就是這麼幹的。」

「別說啦，別說啦，別說啦。」女人連聲嚷道。

威爾遜用那雙沒有表情的藍眼睛望着她。

「我的事兒算是辦完了，」他說，「我剛才有點兒火。我都開始喜歡你丈夫了。」

「哦，請你別再說了，」她說，「求求你，請別再說了。」

「這樣多好，」威爾遜說，「說聲『請』，會好得多。現在我不吭聲了。」

註釋：

[1] 兼烈酒，一種用杜松子酒或伏特加兑酸橙汁的雞尾酒。

[2] 這裏所說的獵人，是指以陪同有錢人打獵為職業的人。

[3] 美國西部牛仔戴的一種闊邊高頂氈帽。

[4] 瑪戈特是瑪格麗特的暱稱。

[5] 斯瓦西里語，屬於班圖語族，是非洲語言中使用人口最多的一種。

[6] 谷是英美最小的重量單位，一谷等於 64.8 毫克。

[7] 瓦卡姆巴語，東非班圖人的一種語言。

[8] 康戈佬，非洲班圖族的一支，生活在下剛果南面。

[9] 馬丁·約翰遜（Martin Elmer Johnson, 1884-1937），美國電影攝製者，夫婦二人專在非洲拍攝原始生活。

乞力馬扎羅山上的雪

乞力馬扎羅是一座海拔一萬九千七百一十英尺的高山，常年積雪覆蓋，據說是非洲最高的山。乞力馬扎羅的西峰叫做馬塞人[1]的「Ngàje Ngài」，意思是上帝的寓所。西峰近旁有一具豹子的屍體，早已風乾凍僵。這豹子到這麼高的地方來尋找甚麼，從來沒人能說得清楚。

「奇怪的是一點兒也不疼，」他說，「這時候你就知道開始壞死了。」

「真的嗎？」

「千真萬確。不過我非常抱歉，這股味兒準讓你受不了。」

「別這麼說！求你了。」

「你看那幾隻鳥兒，」他說，「到底是這兒的風景還是我這股味兒把牠們給引來的？」

在一棵金合歡寬大的樹蔭下，男人躺在一張帆布床上，他從樹蔭朝那片陽光炫目的平原望過去，有三隻令人厭惡的大鳥蹲踞在那裏，天空中還有十幾隻在飛翔，牠們倏忽掠過的時候，投下轉瞬即逝的影子。

「從卡車拋錨那天起，牠們就在那兒盤旋，」他說，「今天是牠們頭一次落到地面上。開始我還仔仔細細地觀察牠們是怎麼飛的，興許寫短篇小說的時候能用上。現在想起來真好笑。」

「我希望你別這樣。」她說。

「我不過是說說罷了，」他說，「說說話我會感覺不那麼難受，可我不想讓你心煩。」

「你知道這不會讓我心煩的，」她說，「我這麼焦躁都是因為自己無能為力。我想，在飛機到來之前，咱們也許能想辦法放鬆一點兒。」

「或者等到飛機根本來不了的時候。」

「求你告訴我，我能做點兒甚麼吧。我總能做點兒甚麼吧。」

「你可以把我這條腿鋸下來，這樣興許就不會壞死了，不過我也懷疑這有沒有用。也許你可以把我打死。現在你槍法不錯了。我教過你打槍，不是嗎？」

「求你別這麼說了。我能給你讀點兒甚麼嗎？」

「讀甚麼呢？」

「書包裏隨便一本沒讀過的書都行。」

「我聽不進去，」他說，「說話最容易。咱們吵架吧，這樣時間過得就快了。」

「我不吵架。我從來都不想吵架。咱們別再爭吵了。不管咱們到了多麼煩躁的地步。說不定他們今天會再開來一輛卡車。也說不定飛機會來的。」

「我不想動了。」男人說，「現在轉移已經沒有甚麼意義，只不過能讓你心裏好受點兒罷了。」

「你這樣是懦弱的表現。」

「你難道就不能讓一個男人盡可能平靜地死去，非得惡語相加嗎？你罵我有甚麼用呢？」

「你不會死的。」

「別傻了。我就要死啦。不信你問問那些討厭鬼。」他朝那三隻醜陋的大鳥蹲踞的地方望過去，牠們光禿禿的頭縮在聳起的羽毛裏。第四隻盤旋而下，快跑幾步，然後搖搖擺擺地緩步走向另外幾隻。

「每個營地周圍都有這些鳥兒。你從來沒有注意罷了。你要是不放棄，就不會死的。」

「你是從哪兒讀到的？真是個不折不扣的大傻瓜。」

「你不妨想想別人。」

「看在上帝的分上，」他說，「這可一直是我的行當。」

他躺在那兒，靜靜地待了一會兒，目光越過那片灼熱而炫目的平原，一直望到灌木叢的邊緣。在黃色的背景之上，幾隻野羊顯得那麼小，那麼白，他還看見一群野馬，映襯着綠色的灌木叢，看上去白花花一片。這是個舒適宜人的營地，依山傍水，大樹遮陰，近旁有一個幾乎已經乾涸的水坑，早晨有沙松雞在那裏飛來飛去。

「你不想讓我給你讀點兒甚麼嗎？」她問道。她坐在帆布床旁邊的一張帆布椅上。「一陣微風吹來了。」

「不用，謝謝。」

「也許卡車會來的。」

「我根本不在乎卡車來不來。」

「我在乎。」

「你在乎的好多東西我都滿不在乎。」

「沒有那麼多，哈利。」

「喝點兒酒怎麼樣？」

「喝酒對你是有害的。布萊克的書裏說，應該滴酒不沾。你不該喝酒。」

「莫洛！」他喊了起來。

「是，先生。」

「把威士忌蘇打給我拿來。」

「是，先生。」

「你不該喝酒，」她説，「我説你放棄自己，就是這個意思。書上説喝酒對你是有害的。我知道對你是有害的。」

「不，」他説，「喝酒對我有好處。」

這下一切都完了，他想。這下他永遠也沒有機會讓一切有個了結了。一切就這樣在為喝一杯酒的爭吵中結束了。自從他的右腿開始生壞疽以來，他就不再感覺疼痛了，隨着疼痛的消失，恐懼也消失了，眼下他只感到極度的厭倦和憤怒，因為事情的結局居然會是這樣。這樣一個結局正在臨近，他並不感到多麼奇怪。多少年來，這個結局一直在困擾着他；但是現在牠本身已經沒有任何意義了。奇怪的是，當你厭煩透了，就能輕而易舉地達到這個結局。

有些創作素材，他原本打算等到自己的感悟足夠深刻之後再動筆，這樣可以寫得更好，現在他再也無法寫出來了。這樣一來，他也用不着在嘗試寫下來的時候經受失敗了。也許你永遠也不能把這些東西寫出來，這就是你一再拖延，遲遲沒有動筆的原因。得了，現在，他永遠也無法弄個究竟了。

「我真希望咱們壓根兒就沒到這兒來，」女人說。她看着他端着酒杯，咬起了嘴唇。「在巴黎你怎麼也不會出這樣的事兒。你老是說你喜歡巴黎。咱們本來可以待在巴黎，或者到別的隨便甚麼地方去。我願意去任何地方。我說過，不管你上哪兒我都願意去。要是你想打獵，咱們本來可以去匈牙利，而且可以待得舒舒服服。」

「你有的是該死的錢。」他說。

「這麼說可不公平，」她說，「我的錢從來就是你的錢，沒有甚麼分別。我撇下了一切，你想去哪兒，我就跟到哪兒，你想幹甚麼我就幹甚麼。不過我真希望咱們壓根兒沒到這兒來。」

「你說過你喜歡這兒。」

「我是說過，那時候你一切都好好的。可我現在憎恨這個地方。我不明白幹嗎非得讓你的腿出事兒。咱們幹了甚麼，竟然攤上這樣的事兒？」

「我想，我的錯誤在於，開頭把腿擦破了，忘了上碘酒，後來也滿不在乎，因為我從來沒有感染過。再往後傷口嚴重起來，別的抗菌劑都用完了，大概就是用了藥性很弱的石炭酸溶液，才導致了微血管麻痹，於是就開始生壞疽了。」他看着她說，「還有別的嗎？」

「我不是這個意思。」

「要是咱們僱了一個能幹的機械工，而不是那個半瓶子醋的吉庫尤人[2]司機，他也許就會檢查一下汽油，絕不會把卡車的軸承燒毀。」

「我不是這個意思。」

「要是你沒有離開你自已的圈子，沒有拋開你在威斯特伯里、薩拉托加和棕櫚灘的那些該死的老相識，偏偏選上了我……」

「哦，那時候我愛上了你。你這麼說不公平。我現在也愛着你。我永遠都會愛你。你不愛我嗎？」

「不，」男人說，「我不這麼覺得。我從來都沒有這麼覺得。」

「哈利，你在說些甚麼啊？你昏了頭了。」

「不，我已經沒有頭可以發昏了。」

「別喝了，」她說，「親愛的，求你別再喝了。咱們必須盡一切努力。」

「你去努力吧，」他說，「我累了。」

此時，他的腦海裏浮現出卡拉加奇[3]的一座火車站，他背着背包站在那兒，辛普倫—東方快車[4]的前燈劃破了黑暗——那是在撤退之後他正要離開色雷斯的一幕[5]。這情景他打算留待將來當做寫作素材，他準備寫下來的還有那天早晨吃早餐的時候，他們從窗口向外眺望保加利亞境內那白雪皚皚的群山，南森的女秘書問那個老頭兒，山上是不是雪，老頭兒看了看說，不，那不是雪。現在還沒到下雪的時候呢。女秘書把老頭兒的話講給另外幾個姑娘聽：你們看，不是雪。那不是雪，她們都紛紛說道，那不是雪，我看錯了。但是，當他實施交換人口計劃[6]，把她們送到山裏去的時候，才發現那確確實實是雪，那年冬天，她們一路踏着積雪前行，直到死去。

那年聖誕節，在高厄塔耳山上，雪也下了整整一個禮拜。他們那年住在伐木人的房子裏，一口正方形的大瓷灶足足佔了半間屋子，他們睡在用山毛櫸樹葉填充的墊子上，這時那個逃兵跑進屋來，雙腳在雪地裏跑得血淋淋的。他說憲兵就在他身後緊追不捨，於是他們給他穿上羊毛襪子，還纏着憲兵東拉西扯，直到雪掩蓋了逃兵留下的腳印。

在施倫斯[7]度過的那個聖誕節，雪是那樣晶瑩閃耀，你從酒吧望出去，眼睛被刺得發疼，看着人們從教堂走回自己的家裏去。他們肩上背着沉重的滑雪板，就是從那兒走上那條被雪橇磨得光溜溜的尿黃色的河濱大道，河邊是松林覆蓋的陡峭的群山；他們就是在那兒從馬德琳納酒店上面那道冰川上滑下去的，那是一次超乎尋常的滑行，雪看上去像蛋糕上的糖霜一樣平滑，像粉末一樣輕柔，他記得，急速衝下去的時候是那麼悄無聲息，彷彿你是一隻飛鳥墜落而下。

他們整整一個星期被大雪困在馬德琳納酒店，暴風雪天氣裏，他們湊着燈光玩牌，四周煙霧瀰漫。整個期間，倫特先生輸得越多，賭注也跟着越下越大。最後他輸得精光，滑雪學校的錢，那一季的全部收益都輸掉了，接着連本錢也輸進去了。他能看見長鼻子的倫特先生，抓起牌就翻開來説：「不看。」那段時間老是賭博。不下雪也賭，雪下得太大也賭。他想着自己這一生有多少時間消磨在賭博上。

不過，關於這些，他連一行字也不曾寫過，他也沒有描述過那個寒冷而晴朗的聖誕節，平原那頭顯現出連綿的群山，那天，巴克飛越防線去轟炸那列運送奧地利軍官去休假的火車，軍官們四散奔逃的時候，巴克用機槍掃射一氣。他記得，後來巴克走進食堂，開始説起這件事兒。屋子裏一片鴉雀無聲，隨後有個人説：「你這個喪盡天良的殺人混蛋。」

他們當時殺死的那些奧地利人，就是後來跟他一起滑雪的奧地利人。不，不是那幾個奧地利人。漢斯，住在「國王—獵人」旅館，整整一年都和他一道滑雪，他們一起到鋸木廠上面的小山谷去打野兔的時候，還談起了帕蘇比奧的戰鬥，還有向波蒂卡和阿薩洛納發動的進攻，這些他連一個字都沒有寫過。還有科爾諾山，西特科蒙姆，阿爾西陀[8]，他也不曾記述下來。

有多少個冬天他是在福拉爾貝格和阿爾貝格[9]度過的？有四個冬天，想到這兒，他記起了那個賣狐狸的人，那是他們步行到布盧登茨去買禮物的時候遇上的，他還想起了甘醇的櫻桃酒特有的櫻桃核的味道，還有在覆蓋冰面的雪粉上飛快滑行的情景，你一面唱着「嗨！呵！羅利在吆喝！」一面滑過最後一段坡道，筆直地從前方那道陡峭的雪坡飛沖而下，接着在果園裏連轉三個彎道，衝出果園，越過那道溝渠，再滑上小酒館後面那條結滿冰的大路。你敲打一下滑雪板上的皮靴固定器，好鬆開來，然後你踢掉滑雪板，把牠們靠在小酒館的木板牆上，燈光從窗口透出來，裏面煙霧繚繞，新醅的酒香散發出溫暖的氣息，一群人在拉着手風琴。

「在巴黎的時候我們住在哪兒？」他問坐在自己身邊一張帆布椅裏的女人。眼下，這是在非洲。

「在克利翁酒店。這個你知道。」

「我為甚麼會知道？」

「我們向來都住在那兒。」

「不，並不總是在那兒。」

「我們在那兒，還有聖日耳曼街區的亨利四世大廈都住過。你說過你喜歡待在那兒。」

「喜歡是個大糞堆，」哈利說，「我呢，就是一隻爬上糞堆去打鳴的公雞。」

「如果你一定會離開人世，」她說，「難道非得把留在身後的一切全都扼殺掉？我的意思是說，你難道非得把一切都帶走不可？你難道一定要把你的馬，你的妻子全都殺死，把你的馬鞍和你的鎧甲全都燒毀？」

「沒錯兒，」他說，「你那些該死的錢就是我的鎧甲。就是我的快馬和我的鎧甲。」

「別這麼說。」

「好吧。我不說了。我不想刺傷你。」

「現在這麼說，有點兒晚啦。」

「那好，我繼續傷害你。這樣更有趣。這是我和你在一起真正喜歡幹的事兒，僅此一樁，可現在做不了。」

「不，這不是實話。你喜歡幹的事情多得很，只要是你願意做的，我都做了。」

「哦，看在上帝的分上，別再誇誇其談好不好？」

他看看她，發現她哭了。

「聽我說，」他說，「你以為這麼做有意思嗎？我不知道自己為甚麼會這麼做。我想，這是試圖用毀滅一切換來自己的生存。我們開始說話的時候我還是好好的。我本來無意挑起事端，現在我真像個傻瓜一樣荒唐可笑，對你狠心也狠到家了。親愛的，我說的話你不要在意。我愛你，真的。你知道我愛你。我從來沒有像愛你一樣愛過任何別的人。」

這句他賴以謀生的說慣了的謊話不知不覺從嘴裏溜了出來。

「你對我真好。」

「你這個壞女人。」他說，「你這個有錢的壞女人。這是詩。現在我整個人充滿了詩歌。腐爛和詩歌。腐爛的詩歌。」

「別說了，哈利。你為甚麼非得變得像個魔鬼一樣？」

「我不想留下任何東西，」男人說，「我不想把甚麼東西留在身後。」

現在已是傍晚時分，他剛才睡着了。太陽隱沒在山後面，整個平原成了一片陰影，有些小動物正在營地近旁覓食，腦袋急促地一點一點，尾巴來回擺動，他發現這些小動物已經從灌木叢裏跑出來很遠了。那幾隻鳥兒此時不再落在地上等着了，全都沉沉地棲息在樹上，牠們的同類還有很多。他的貼身男僕正站在床邊。

「太太打獵去了，」男僕說，「先生要點兒甚麼嗎？」

「不要甚麼。」

她打獵去了，想搞點兒肉回來，她知道他喜歡看打獵，有意跑得遠遠的，這樣就不會驚擾他視野裏的這一小片平原了。她總是那麼體貼入微，他想。但凡是她知道的，在書上讀過的，或者聽說過的，她都考慮得很周到。

當他走進她的生活那時候，自己整個人已經完蛋了，這不是她的錯。一個女人怎麼能知道你說的話並不是真心實意的呢？怎麼能知道你說的話只是習慣成自然，只是為了相安無事呢？自從他對自己說的話不再當真以後，和女人相處的時候，和過去實話實說相比，說謊要來得更加卓有成效。

他撒謊並不大都是因為自己沒有真話可說。他有過屬自己的生活，那段生活已經完結，於是他重新開始一種生活，跟截然不同的人交往，手頭兒有更多的錢，進出於從前去過的那些最好的地方，還有些沒去過的地方。

你強迫自己不去思考，這真是不可思議。你的內心非常堅強，他們大部份人都垮了，你卻沒有垮掉，你抱定了一種態度，那就是，既然再也做不了自己過去的工作，那就拋開好了。可是，你在心裏說，你要寫寫那些人，寫寫那些非常有錢的人；你在心裏說，你其實並不是他們中的一員，而是他們那個圈子裏的一個密探；你說你會離開那個圈子，把它當做自己的寫作素材，由一個熟悉這個圈子的人來形諸筆墨，這可是破天荒的頭一回。可他永遠也不會去寫，因為一天天怠於寫作，一天天貪圖安逸，扮演一個為自己所鄙視的角色，就這樣消磨了自己的才華，鬆懈了自己進行創作的意志，最後索性甚麼都不幹了。他放棄工作之後，他現在認識的人都感覺一下子輕鬆自在多了。在他生命中的美好時光裏，非洲是他感到最愉快的地方，他到這兒來就是為了重新開始。他們這次狩獵旅行盡量把舒適度降到最低。沒有吃苦頭，但也沒有追求奢華，他曾經以為這樣就能重新鍛煉自己，這樣他就能去掉心靈上的脂肪，正如一個拳擊手為了消耗體內的脂肪，特地到山裏去幹活和訓練。

她曾經非常喜歡這次旅行。她說過她喜歡。凡是激動人心的事情，能因此改變一下環境，結識新的人，領略令人賞心悅目的事物，她都喜歡。而且他也曾產生了一種幻覺，以為工作的意志力又回到了自己身上。如果現在一切就這樣了結，他知道事實就是如此，他可決不能變得像某些蛇一樣，因為脊背斷了就啃咬自己。這不是她的錯。如果不是她，也會有別的女人。如果他以謊言為生，也應該試着以謊言而死。他聽到山那邊傳來一聲槍響。

她槍打得很不錯，這個好心的闊娘兒們，她悉心呵護他的才華，也毀掉了他的才華。一派胡言。是他自己毀了自己的才華。為甚麼要責怪這個女人，就因為她把他供養得好好的？他把自己的才華棄之不用，背叛了自己，還有自己的信仰，他因為酗酒過度而磨鈍了自己敏銳的洞察力，此外還有懶散，怠惰，勢利，傲慢和偏見，這種種緣故使他毀滅了自己的才華。這算是甚麼？一份舊書目錄？他到底有甚麼才華？就算是有才華，他也沒有施展，而是用來做交易。他的才華從來都不在於自己做過甚麼，而是有可能做成甚麼。他選擇不再從事筆墨生涯，而是靠別的東西謀生。說來也奇怪，難道不是嗎，每當他另有所愛，這個女人總是比上一個更有錢。不過，當他不再真心相愛，當他只是撒謊的時候，就像對現在這個女人一樣，她比所有跟他相處過的女人都有錢，她有的是錢，她有過丈夫和孩子，也有過情人，但她對那些情人並不滿意，對他則傾心相愛，把他當做一位作家，一個男子漢，一個伴侶，而且當做一份引以為豪的財產來愛他，奇怪的是，當他根本就不愛她，生活在謊言中的時候，和過去真心相愛的時候相比，他竟然能夠給予她更多的情感，就為了她的錢。

我們所做的一切都是天生注定的，他想。不論你以何種方式生活，那就是你的才華所在。他一生都在出賣自己的生命，不是這種形式，就是那種形式，當你不傾注感情的時候，就得為錢付出更多。他發現了這一點，但他決不會寫出來，現在也不會。不，他不會寫的，儘管這非常值得一寫。

此時，她又進入了他的視野，正穿過空地朝營地走來。她穿着馬褲，提着來福槍。兩個男僕扛着一隻野羊跟在她身後。她依然是個標致的女人，他想，身材也很動人。她對床笫之歡很在行，也很迷戀，她並不漂亮，但他喜歡她的面龐，她讀過許許多多的書，喜歡騎馬和射擊，當然，她喝酒也沒有節制。她還是個比較年輕的女人的時候，丈夫就死了，有一段時間，她把心思全都傾注在兩個剛剛長大的孩子身上，再就是養馬、讀書和喝酒，但孩子並不需要她，有她在身邊反倒不自在。她喜歡在晚餐之前的黃昏時分讀書，一邊讀書一邊喝威士忌蘇打。等到吃晚飯的時候，她已經有了幾分醉意，餐桌上再喝上一瓶葡萄酒，往往能讓她醉得昏昏欲睡。

這是在她有情人之前。有了那些情人之後，她就不再喝那麼多酒了，因為她沒有必要再讓自己醉入夢鄉。但那些情人讓她感到厭煩。她嫁給過一個男人，那個男人從來沒有讓她厭煩過，可這些人讓她煩透了。

後來，她的一個孩子死於飛機失事，從那以後，她不想要甚麼情人了，喝酒也麻醉不了自己，她必須開始另一種生活。突然之間，一個人獨處讓她感到極度的惶恐不安。但她想和一個自己所尊敬的人在一起。

事情的開始很簡單。她喜歡讀他寫的東西，她一向羨慕他過的那種生活。她以為他是完全按照自己的意願做事。她為了得到他而採取的種種步驟，還有她最後愛上他的那種方式，都構成了一個司空見慣的過程，在這個過程中她為自己塑造了一種全新的生活，而他則付出了自己過去的生活殘存下來的東西。

他換取的是安全，還有安逸，這是不可否認的，還有甚麼呢？他不知道。不管他想要甚麼，她都會給他買來。這個他知道。而且她還是個非常溫柔的女人。跟任何人一樣，他願意與她同床共枕；他尤其是願意和她在一起，因為她更有錢，因為她非常可人，很有欣賞力，因為她從不大吵大鬧。可現在，她重新塑造的生活行將結束，因為兩星期前他的膝蓋被一根荊棘刺破了，而他沒有給傷口塗上碘酒，當時他們正一步步靠近一群羚羊，想拍下照片，那群羚羊站立着，昂着頭，瞇着眼睛四處張望，鼻孔翕動着嗅來嗅去，耳朵張得大大的，只等一聽見風吹草動就衝進灌木叢裏。沒等他拍下照片，羚羊就跑掉了。

現在她回到這兒來了。

他在帆布床上轉過頭來看着她，說了聲「嗨」。

「我打了一頭野羊，」她對他說，「能給你燉出美味的肉湯喝，我讓他們給你做點兒土豆泥加奶粉。你感覺怎麼樣啊？」

「好多了。」

「這樣難道不是好極了嗎？聽我說，我就想着你也許會好起來的。我走的時候你睡着了。」

「我睡了個好覺。你走得遠嗎？」

「不遠，就在山後面。打這頭野羊，我的槍法很漂亮。」

「你的槍法很棒，你知道。」

「我喜歡打槍。我已經喜歡上非洲了。真的。要是你平安無事，這就是我玩得最開心的一次了。你不知道跟你一起射獵是多麼有趣兒。我已經喜歡上這個地方了。」

「我也喜歡這個地方。」

「親愛的，你不知道，看到你感覺好起來讓我有多麼驚喜。剛才你那麼難受，我簡直受不了。你別再那樣跟我說話了，好嗎？能答應我嗎？」

「我不再那樣了，」他說，「我都不記得自己說了些甚麼。」

「你不會非得把我給毀了，對吧？我不過是個中年女人，我愛你，你想做甚麼我都願意。我已經被毀過兩三次了。你不會想再把我毀掉一次吧，對嗎？」

「我倒是想在床上再把你毀幾次。」他說。

「好啊。那種毀滅感覺好極了。咱們就是為這種毀滅而生的。飛機明天就會來啦。」

「你怎麼知道？」

「我敢肯定。一定會來的。僕人已經把木柴都準備好了，還準備了生濃煙用的野草。今天我又去看了一下。那兒有足夠的地方讓飛機着陸，咱們在兩頭準備好兩堆草生起濃煙。」

「你憑甚麼認為飛機明天會來呢？」

「我有把握肯定會來。現在已經延誤了。等到了城裏，他們就能治好你的腿，然後咱們就能好好毀滅一下。不要再說那些無聊的話了。」

「咱們喝點兒酒怎麼樣？太陽落山啦。」

「你覺得自己能喝嗎？」

「我想來一杯。」

「那我們就一起喝一杯吧。莫洛，拿來兩杯威士忌蘇打！」她喚道。

「你最好穿上防蚊靴。」他提醒她。

「等我洗完澡吧……」

他們喝着酒，天色漸漸暗了下來，天黑之前暗沉沉的一片，沒法瞄準射擊，這時候，一隻鬣狗穿過空地繞到山那邊去了。

「那個雜種每天晚上都從那兒跑過去，」男人說。「一連兩個星期，每天晚上都是這樣。」

「就是牠每天晚上發出那種聲音。雖然這是一種讓人厭惡的動物，可我不在乎。」

兩個人喝着酒，此時他沒有痛感，只是因為老是一個姿勢躺着有些不舒服，僕人生起了一堆篝火，光影在帳篷上跳躍着，他感到屈從於這種舒適生活的那種心甘情願的感覺又回來了。她對他實在太好了。今天下午，他對她那麼狠心，而且也太不公平了。她是個好女人，的的確確是個不可思議的女人。可就在這時候，他突然想起自己就要死了。

這個念頭突然襲來，不像是流水，也不像是疾風，而是一股突如其來的無影無蹤的臭氣，奇怪的是，那隻鬣狗順着這股臭氣的邊緣無聲無息地溜了過來。

「怎麼啦，哈利？」她問道。

「沒甚麼，」他說，「你最好還是挪到另一邊，待在上風處。」

「莫洛給你換藥了嗎？」

「換過了。我剛敷上硼酸膏。」

「感覺怎麼樣？」

「有點兒發顫。」

「我進去洗澡了，」她說，「一會兒就出來。我跟你一起吃晚飯，然後把帆布床抬進去。」

就這樣，他自言自語地說，咱們結束爭吵了，真不錯。他從來沒有怎麼和這個女人爭吵過，可是，和那些他真心相愛的女人在一起，他卻總是不依不饒，爭吵不休，最後，由於爭吵的一點點侵蝕，他們擁有的感情也一點點消磨掉了。他愛得越深，所求也越多，這樣就把一切都耗盡了。

他想起那次，自己孤零零一個人待在君士坦丁堡，從巴黎出走之前，他們吵了一場。他沒日沒夜地眠花宿柳，但事後還是無法排遣寂寞，反而更加寂寞難耐。他於是給她，他的第一個情人，那個離他而去的女人，寫了封信，告訴她自己如何始終難以割捨……有一次，他在攝政院外面看見一個女人，還以為是她，他一下子幾乎失去了知覺，心慌意亂，他還告訴她，自己常常在林蔭道上尾隨一個模樣和她有幾分相像的女人，生怕看清楚根本不是她，生怕失去了心裏湧起的那種感覺。他告訴她，和他睡過的每一個女人如何使他對她更加念念不忘，還有，他如何對她所做的一切都毫不在意，因為他明白自己根本擺脫不掉對她的愛戀。他在夜總會寫下這封信，頭腦十分冷靜、清醒，他把信寄往紐約，央求她把回信寄到他在巴黎的辦公室。這樣似乎比較穩妥。那天晚上，他想她想得厲害，心裏空蕩蕩的，直想嘔吐，他在街上遊逛，一直過了馬克西姆酒店，勾搭上一個姑娘，帶她去吃晚飯。後來他又帶她到一個地方去跳舞，她跳得很糟，於是他就丟下她，搭上了一個熱辣風騷的亞美尼亞姑娘，那姑娘的肚子貼在他身上拚命搖擺，滾燙滾燙的，幾乎都要把他灼傷了。他是從一個英國炮兵中尉手裏把她搶來的，為此還大吵了一架。那個炮兵把他叫到外面，兩人摸黑在鵝卵石路面上大打出手。他朝那個炮兵下巴的一邊狠狠打了兩拳，可炮兵並沒有倒下，這下他知道免不了一場打鬥了。炮兵先打中了他的身體，接着又打中了他的眼角。他又一次揮動左拳，落在炮兵身上，炮兵朝他撲上去，抓住他的上衣，扯下了一隻袖子，他朝炮兵耳朵後面狠狠揍了兩拳，就在炮兵把他推開的當兒，他用右拳猛地把對方擊倒在地。炮兵倒下的時候，頭先磕在地上，他帶着那個姑娘撒腿就跑，因為他們聽見憲兵過來了。他們上了一輛出租車，沿着博斯普魯斯海峽[10]駛向雷米利西撒，兜了一圈，在清冷的夜色中回到城裏。兩人上了床，她給人的感覺過於成熟，就像她的外貌一樣，不過，她肌膚柔滑，像玫瑰花瓣，像糖漿，腹部平滑，乳房碩大，屁股下面都不需要墊枕頭。在她醒來之前，他就離開了，省得看見第一線天光的照射下她那粗俗邋遢的模樣。他出現在彼拉宮殿[11]的時候，青着一個眼圈，手裏提着上衣，因為一隻袖子丟了。

當天晚上，他前往安納托利亞[12]，他記得，後來在那次旅行中，整天都穿行在長滿罌粟的田野裏，當地人種植罌粟是為了提煉鴉片，他記得這讓人有一種奇異的感覺，要想走到他們曾經跟那些剛從君士坦丁堡來的軍官一起發動進攻的地方，似乎不論哪個方向都不對頭，那些該死的軍官一竅不通，炮彈都打到隊伍裏去了，那個英國觀察員哭得像個孩子似的。

就在那天，他第一次看見死人穿着白色芭蕾舞裙和帶絨球的向上翹起的鞋子。土耳其人不斷湧上前來，一浪接着一浪，他看着那些穿裙子的男人在奔跑，軍官們朝他們中間開槍射擊，接着軍官們也開始四散奔逃，他和那個英國觀察員跑得肺都疼了，嘴裏滿是一股銅腥味，他們在幾塊岩石後面停下來，土耳其人依然如同波浪一般湧上來。後來他看到的情形簡直連想也不曾想過，再後來，他眼中所見還要可怕得多。所以，那次他回到巴黎，根本就不能談起這些事情，連提一提都受不了。在咖啡館裏，他從一個美國詩人身邊經過，那位詩人面前碟子成堆，土豆一樣的臉上露出一副蠢相，正在跟一個自稱名叫特里斯坦．采拉[13]的人談論達達運動[14]。特里斯坦．采拉老是戴着單片眼鏡，還經常鬧頭疼。他回到公寓，跟他重新開始愛戀的妻子待在一起，爭吵過去了，氣惱也過去了，他很高興自己又回到了家裏，就在這期間，辦公室轉來了他的信件。一天早晨，答覆他那封信的回信放在托盤裏送了進來，當他看到信封上的筆跡，一時間渾身冰涼，企圖把那封信偷偷塞到另一封下面。可他的妻子問道：「親愛的，那封信是誰寫來的？」於是，剛剛開始的平靜生活就此結束。

他想起跟所有女人在一起的美好時光，還有爭吵。她們總是選擇最佳場合跟他吵架。為甚麼她們總是在他心情最愉快的時候挑起爭吵呢？關於這些，他從來沒有寫下過隻言片語，起初是因為不想傷害任何人，後來是感覺就是不寫這些，要寫的東西似乎也已經足夠多了。不過，他一直認為他最終還是會寫的。要寫的東西太多了。他目睹過世界的風雲變幻，不僅僅是重大事件，雖然他也目睹過許多事件，留心觀察過那些人，但他也看到過更微妙的變化，而且記得人們在不同時期是何種表現。他曾經置身於這一切，觀察過這一切，把這一切寫下來是他的責任，可他現在再也不能動筆去寫了。

「你覺得怎麼樣？」她問道。她剛剛洗過澡從帳篷裏出來。

「挺好的。」

「現在能吃點兒東西嗎？」他看見莫洛跟在她身後，拿着摺疊桌，另一個僕人拿着碟子。

「我要寫東西。」他說。

「你應該喝點兒肉湯補充體力。」

「我今天晚上就要死了，」他說，「用不着補充甚麼體力啦。」

「別說得這麼可怕，哈利，求你了。」她說。

「你幹嗎不用鼻子聞聞？我都已經爛了半截，現在都爛到大腿了。我幹嗎還要喝肉湯，這不是開玩笑嗎？莫洛，拿威士忌蘇打來。」

「求你把肉湯喝了吧，」她輕輕地說。

「好吧。」

肉湯太燙了，他只好盛在杯子裏，等涼下來再喝，然後他一口氣喝下去，一點兒也沒哽着。

「你是個好女人，」他說，「別再管我了。」

她的面龐正對着他，這張臉曾出現在《激勵》和《城市與鄉村》雜誌上，為許許多多的人所熟知和喜愛，只是因為沉溺於飲酒而略有減損，因為貪戀床笫之歡而稍有遜色，可《城市與鄉村》從未展示過她那美麗的胸脯和漂亮的大腿，還有她那纖巧的手，撫摸在身上是那麼輕柔，他望過去，看着她那為人所熟知的動人微笑，感到死亡的陰影又一次臨近了。這一次不是橫衝直撞，而是一股氣息，如同一縷讓燭光搖曳，讓火燄騰起的微風。

「等會兒他們可以把我的蚊帳拿出來，掛在樹上，再生一堆篝火。今天晚上我不進帳篷了。來回搬動不值得。晚上天氣晴朗，不會下雨。」

這麼說，你就這樣死了，在你聽不見的悄聲低語中死去。這下好了，再也不會發生爭吵了。這一點他可以相信。這可是從來沒有過的經歷，他不會毀掉的。也許他會這麼幹。你把一切都毀了。不過，也許這次他不會。

「你會聽寫嗎？」

「我沒學過。」她對他說。

「沒關係。」

一切彷佛是經過了壓縮，這樣一來，只要手法得當，只消用一段文字就能涵蓋全部，當然，儘管如此，還是沒有時間了。

湖畔的山上有一座木屋，縫隙用灰泥抹成白色。門邊的柱子上掛着一個鈴鐺，是召喚人們進去吃飯用的。房子後面是田野，田野後面是森林。一排鑽天楊從木屋一直延伸到碼頭。另一排白楊樹沿着這一帶綿延伸展。森林邊緣有條路一直通到山上，他曾在路邊採摘過黑莓。後來，那座木屋被燒毀了，原來掛在壁爐上方的鹿腳架上的那些獵槍也都被燒掉，槍筒連同熔化在彈夾裏的鉛彈，還有槍托，也都一起燒壞了，擱在一堆灰上，那堆灰原來是給那個做肥皂用的大鐵鍋熬鹹水用的，你問祖父能不能把它們拿去玩，他說，不行。於是你明白那些槍還是屬祖父的，他再也沒有買過別的槍，而且也不再打獵了。現在，那座房子在原來的地方用木料重建了起來，漆成了白色，從門廊上你可以看見白楊樹和更遠一些的湖水；可那裏再也沒掛過別的槍。槍筒原先掛在木屋牆上的鹿腳架上，現在擱在那堆灰上，再也沒人去碰過。

戰後，我們在黑森林[15]裏租下了一條捕鮭魚的溪流，步行到那裏有兩條路。其中一條是從特里貝格走下山谷，就可以看見那條白色的道路邊上有一條林蔭覆蓋的山路，繞過那條山路，再走上一條山坡小道，翻山越嶺，經過一個個小農場，農場上矗立着黑森林特有的高大屋舍，這樣就能一直走到小道和溪流相交的地方。我們就在那兒開始捕魚。

另一條路是攀上陡峭的樹林邊緣，翻過山頂，穿過松林，然後來到一片草地邊上，再越過草地，就能來到橋畔。溪流旁樺樹成行，水流不大，窄窄的，清澈而湍急，在樺樹的根部沖出一個個小水坑。特里貝格旅店的老闆這一季生意不錯。這真叫人開心，我們所有的人都成了很好的朋友。第二年趕上通貨膨脹，老闆頭一年賺的錢還不夠買開店用的必需品，於是他上吊死了。

這些你可以口述出來，但是，你無法口頭描述護牆廣場[16]——賣花人在街頭給花兒着色，顏料淌得路面上到處都是，那裏是公共汽車的起始點，老頭子，還有女人們，老是喝葡萄酒和劣質的渣釀白蘭地，一個個醉醺醺的，孩子們凍得直淌鼻涕，「業餘愛好者咖啡館」裏充滿了汗臭、貧窮和醉酒的氣息，還有「風笛」舞廳的妓女們，就住在舞廳樓上。那個看門的女人正在自己的小隔間裏款待一個共和國自衛隊員，一把椅子上放着他那頂用馬鬃裝飾的頭盔。過道那頭的人家，丈夫是個自行車賽手，那天早晨，女人在奶品店打開《汽車》報，看到他在巴黎環城比賽中名列第三，真是樂開了花，那是他頭一次參加大型比賽。她的臉變得紅撲撲的，開懷大笑，接着跑到樓上，手裏拿着那張淡黃色的體育報哭了起來。他，哈利，有一回必須一大早趕飛機，「風笛」舞廳老闆娘的丈夫開了一輛出租車來敲門叫醒他，動身前，兩個人在酒吧鍍鋅的桌邊喝了一杯白葡萄酒。那個時候，他熟悉周圍的每個鄰居，因為他們都是窮人。

那一帶有兩類人：酒徒和運動健將。酒徒靠酗酒消磨貧困，運動健將則在鍛煉中忘卻貧困。他們是巴黎公社社員的後裔，對他們來說，理解政治並不是甚麼難事兒。他們知道是誰開槍打死了他們的父輩和兄弟，還有他們的親朋好友，當凡爾賽的軍隊開進巴黎，繼公社之後佔領了這座城市，只要是被他們發現手上長有老繭，或者戴着便帽，或是帶有勞動者的任何其他標誌，一律格殺勿論。就是在這樣的貧困之下，在這樣一個地區，臨着街對面的馬肉舖和一家釀酒合作社，他開始了自己的寫作生涯。在巴黎，再也沒有任何別的地方讓他如此熱愛，枝葉茂盛的樹木，下面漆成棕色的用白色灰泥塗抹的老房子，圓形廣場上那長長的綠色公共汽車，路面上給花染色用的紫色顏料，從山上向塞納河急轉而下的萊蒙昂紅衣主教大街，還有另一邊那狹窄而擁擠的莫菲塔德街。除此以外，還有通往萬神殿的大街和另一條他經常騎車而過的街道，那是整個地區唯一一條鋪上瀝青的道路，車輪駛過，感覺十分平滑，街道兩旁是高聳而狹窄的房子，還有那家建得高高的下等旅館，保爾．魏爾倫詩人[17]就死在那裏。他們住的公寓只有兩個房間，他在那家旅館的頂樓每月付六十法郎租了一個房間進行創作，從那兒可以看見鱗次櫛比的屋頂和煙囱以及巴黎所有的山。

從公寓裏，你只能看到那個賣木柴和煤炭的人開的店鋪。他也賣酒，那種劣質葡萄酒。馬肉鋪子外面有個金黃色的馬頭，櫥窗裏掛着金黃色和紅色的馬肉，還有那家漆成綠色的合作社，他們就在那兒買酒喝，很不錯的葡萄酒，價錢也便宜。再有就是灰泥牆和鄰居們的窗戶。夜裏，每當有人醉臥在街頭，呻吟不止，表現出典型的法國式醉態，鄰居們就會打開窗子，開始咕咕噥噥抱怨個沒完。

「警察上哪兒去了？那傢伙老是在你不需要的時候出現在這兒。他準是在跟哪個看門女人睡覺呢。去找執法官來。」一直到有人從窗口潑下一桶水，呻吟聲才停下來。「咋回事兒？潑了水，啊，真是聰明。」於是窗戶都關上了。瑪麗，他的女僕，對一天八小時工作制頗有怨言，她說：「要是一個男人幹到六點鐘，回家路上只會喝得微醉，花錢也不會太多。可要是只幹到五點鐘，那他每天都會喝得爛醉如泥，一個子兒也剩不下。縮短工時的受害者是工人的老婆。」

「要不要再喝點兒肉湯？」女人此時問他。

「不要了。太謝謝你了。味道真好。」

「再喝一點兒吧。」

「我想喝杯威士忌蘇打。」

「喝酒對你可不大好。」

「是啊，酒對我沒有好處。科爾．波特[18]作詞譜曲。你為這個跟我生氣呢。」

「你知道我喜歡你喝酒。」

「哦，沒錯兒，你生氣不過是因為酒對我沒有好處。」

等她走開了，我就能得到想要的一切，他想。不是我想要的一切，而是我所有的一切。唉，他累了，累極了。他想睡上一會兒。他靜靜地躺着，死神不在那裏。

祂準是在另一條街上蹓躂呢。死神成雙結對地騎着自行車，悄無聲息地在人行道上逛來逛去。

不，他從來沒有寫過巴黎。沒有寫過他所喜愛的那個巴黎。但是，除此以外，他從來沒有寫過的東西又是怎樣的呢？

廣闊的牧場，銀灰色的艾草叢，灌溉渠裏那湍急而清澈的流水，還有濃綠的苜蓿，又是怎樣呢？那條小路蜿蜒而上通向群山，夏天裏，牛群膽子小得像鹿一樣。秋天，你把牠們趕下山來的時候，吆喝聲、沒完沒了的喧鬧聲響成一片，牛群緩慢地行進，揚起一片塵土。暮色之中，陡峭的山峰從群山後面清晰地聳現出來，沐浴着月光騎馬沿着那條小路下山，山谷那邊一片皎潔。此時，他想起在黑暗中穿過森林下山的時候，眼前一抹黑，只能抓着馬尾巴一路摸索，這些故事他都想寫下來。

還有那個幹雜活兒的傻小子，那回把他一個人留在牧場，告訴他別讓任何人拿走一點兒乾草，那個從福克斯來的老壞蛋，路過的時候停下來想弄點飼料，傻小子以前給他幹活兒的時候，老傢伙曾經揍過他。孩子不讓他拿，老傢伙就説要再揍他一頓。老傢伙正要闖進牲口欄，孩子從廚房拿來了來福槍，把他打死了。他們回到牧場的時候，老頭兒已經死了一個星期，在牲口欄裏凍僵了，還被狗吃掉了一部份。你把殘留的屍體裹在氈子裏，用繩子捆在雪橇上，讓那孩子幫你拖着，兩個人乘着滑雪板，拉着雪橇上路，走了六十英里，把那孩子帶到城裏交給警方。那孩子萬萬沒想到自己會被逮捕。他滿以為自己是在盡職盡責，而你是他的朋友，他會為此得到報償呢。還是他幫着把那個老傢伙拖到城裏來的，這樣誰都會知道這個老傢伙一向有多麼壞，他是怎麼企圖偷飼料，那飼料可不是他的啊。行政司法官給那孩子戴上手銬的時候，那孩子簡直無法相信，開始放聲大哭。這是他準備留到將來再寫的一個故事。從那兒他至少得知了二十個有趣的故事，可他一個也沒有寫。為甚麼呢？

「你告訴他們為甚麼。」他說。

「甚麼為甚麼，親愛的？」

「沒有甚麼為甚麼。」

自從有了他，她現在喝酒不那麼厲害了。不過，只要他活着，就絕不會寫她，此時他很清楚這一點。他也不會寫她們中的任何一個。有錢人都很愚蠢，縱酒無度，要麼就沒完沒了地玩十五子遊戲[19]。他們都很蠢，而且老是嘮嘮叨叨讓人厭煩。他想起可憐的朱利安，還有他對有錢人懷有的那種毫無來由的敬畏感，朱利安曾在一個短篇小説的開頭這樣寫道：「豪門巨富不同於你我。」有人回敬朱利安説，是啊，他們比咱們有錢。可是，對朱利安來説，這並不是滑稽之談。在他眼裏，有錢人是一個特殊的富有魅力的族類，當他發現事實並非如此，他就一蹶不振了，正如任何其他事情讓他一蹶不振一樣[20]。

他一向鄙視那些一蹶不振的人。你沒有必要吃這一套，因為你明白這是怎麼一回事兒。他可以戰勝一切，他想，因為如果他不在乎，就甚麼也刺傷不了他。

好吧，現在他連死也毫不在意。讓他一直感到恐懼的是疼痛。他能像任何人一樣忍受疼痛，除非這疼痛持續的時間太長，把他拖得疲憊不堪。可是在這裏，有甚麼東西讓他感到痛楚極了，就在他覺得快要被撕裂的時候，那疼痛卻消失了。

他記得，那是在很久以前，那天晚上，爆破軍官威廉遜鑽過鐵絲網爬回陣地的時候，被一名德國巡邏兵扔過來的手榴彈打中了，他尖聲叫着，央求大家把他打死。他是個胖子，儘管熱衷於各種花裏胡哨的表演，但卻非常勇敢，是個很不錯的軍官。可那天晚上，他陷在鐵絲網裏，一顆照明彈的閃光把他照亮了，只見他的腸子流了出來，落在鐵絲網上，當他們把他抬進來的時候，他還活着，他們不得不把他的腸子割斷。打死我，哈利。看在上帝的分上，打死我吧。有一回，他們曾經爭論過是否上帝帶給你的一切都是可以忍受的，有人認為，經過一段時間，疼痛會自行消失。可是，他始終清楚地記得，那天晚上，威廉遜的痛苦並沒有消失，後來他把一直留着準備自己用的嗎啡片全都給威廉遜吃了下去，也沒有立刻奏效。

不過，他此時的痛苦倒是能夠輕而易舉地承受，如果就這樣下去，情況不會惡化，那就沒甚麼可擔憂的了。可是，他希望能有更合適的人與自己相伴。

他稍稍想了想自己的意中人。

不，他暗想，你不論幹甚麼，時間都拖得太長，而且也為時過晚，你不能指望人們一切如故。所有的人都走了。宴畢席終，各自散去，現在只剩下你和女主人。

我對一步步接近死亡感到厭倦了，正如對別的東西一樣，他想。

「真叫人煩。」他情不自禁地大聲說。

「你說甚麼，親愛的？」

「你不管做甚麼，都做得太久了。」

他望着篝火前她的那張臉。她斜靠在椅子裏，火光映照在她那線條動人的臉上，他看得出她睏了。這時候，他聽見那隻鬣狗在篝火的光圈外面發出一聲嚎叫。

「我一直在寫東西，」他說，「我都累了。」

「你覺得自己能睡得着嗎？」

「肯定能。你怎麼還不進去？」

「我想坐在這兒陪你。」

「你有沒有一種奇怪的感覺？」他問她。

「沒有啊，我只是有點兒睏。」

「可我感覺到了。」

他又一次感到死神在臨近。

「你知道，我唯一沒有失去的東西，就是好奇心。」他對她說。

「你從來沒有失去過甚麼。你是我所認識的最完美的一個人了。」

「天哪，」他說，「女人懂的簡直太少啦。你這麼說憑的是甚麼？你的直覺？」

因為，正是在這個時候，死神來了，頭就靠在帆布床的床腳上，他能嗅出死神的氣息。

「千萬不要相信死神就是鐮刀和骷髏[21]，」他說，「死神也許是兩個騎着自行車的警察，悠閒自在，或者是一隻鳥兒。也有可能像鬣狗一樣有個大鼻子。」

死神已經向他靠攏過來，不過祂已經沒有任何形狀，只是佔據了空間。

「讓祂走開。」

死神非但不走開，反而靠得更近了。

「你呼出的氣味真難聞，」他衝着祂說，「你這個臭雜種。」

死神仍舊一步步挨近他，此刻他對着祂說不出話來，而當死神發現他無法開口說話，就又靠近了一點兒，他試圖不出聲就把祂趕走，可祂卻爬到他身上來了，把全部重量壓在他胸口上，死神趴在那兒，這樣一來，他動彈不得，也說不出話，只聽見女人說，「先生睡着了，把床輕輕抬起來，抬到帳篷裏去吧。」

他無法開口告訴她把死神趕走，此時，死神趴在他身上，愈發沉重，使他難以呼吸。接着，就在他們抬起帆布床的時候，一切突然又歸於正常，胸口的重壓也消失了。

現在已是早晨，天亮了好一會兒了，他聽見了飛機的聲音。飛機顯得很小，繞了好大一圈，僕人們跑出來，用煤油點起火，堆上野草，這樣平地兩端就燃起了兩堆大火，清晨的微風把煙吹向帳篷，飛機又盤旋了兩圈，這次降低了高度，接着開始平飛，穩穩當當地着陸了，老康普頓朝他走來，穿着寬鬆長褲，上身是一件花呢夾克，頭上戴一頂棕色氈帽。

「怎麼啦，老夥計？」康普頓問道。

「腿壞了，」他對他說，「你吃點兒早飯嗎？」

「謝謝。我喝點兒茶就行了。告訴你，這是一架『天社蛾』，我沒能搞到那架『夫人』。只能坐一個人。你的卡車正在路上。」

海倫把康普頓拉到一旁，正在和他說着甚麼。康普頓走了回來，看樣子好像從來沒有這麼高興過。

「我們這就把你抬進去，」他說，「我還得回來接你太太。恐怕得在阿魯沙[22]停一下加油。咱們最好馬上就走。」

「喝點兒茶嗎？」

「你知道，我其實不怎麼想喝。」

僕人們抬起帆布床，繞過綠色的帳篷，然後順着岩石往下走，來到那片平地，走過那兩堆燒得正旺的篝火——風吹火烈，草已經燒盡了，他們一直來到那架小飛機跟前。他好不容易才被抬進飛機，一進去就躺在皮椅裏，那條腿直挺挺地伸到康普頓的座位旁邊。康普頓發動了馬達，上了飛機。他朝海倫和僕人們揮揮手，馬達的㖏嗟聲轉為人們慣常所熟悉的轟鳴，他們搖搖擺擺地轉着圈子，康普頓留神躲開那些野豬洞，飛機在兩堆篝火之間的平地上吼叫着，顛簸着，隨着最後一顛騰空而起，他看見他們全都站在下面招手，山邊的帳篷顯得扁扁的，平原延伸開來，樹木一簇簇的，灌木叢看上去也成了扁平的，一條條野獸出沒的小道平坦地通向乾涸的水坑，他還發現一處自己從來不知道的水源。斑馬呢，現在只能看到小小的拱起的後背，角馬則像長長的手指，牠們越過平原的時候，彷彿是大頭的黑點子在爬行，飛機的影子向牠們逼近的時候，牠們一下子四散奔逃，看上去非常渺小，動作也看不出是在疾馳飛奔。此刻，你極目望去，平原一片灰黃，面前是老康普頓那穿着花呢夾克的背影，還有那頂棕色的氈帽。接下來，他們飛越了最先經過的連綿群山，角馬正蜿蜒而上，接着他們又飛過崇山峻嶺，陡峭的深谷裏生長着綠意蓬勃的森林，山坡上是堅實挺拔的竹叢，隨後他們又掠過一片濃密的森林塑成的峰巒和山谷。群山漸漸變得低矮平緩，接下來又是一片紫棕色的平原，此時天熱了起來，飛機熱氣騰騰地顛簸着，康普頓回身瞧了瞧，看他在飛行中情況怎麼樣。前面又是黑沉沉的群山。

接着，他們並沒有前往阿魯沙，而是向左轉，他估摸着，飛機的燃料顯然是夠用了。他俯視下方，只見一片粉紅色的雲像從空中篩落一般掠過地面，在空中則像突如其來的暴風雪降臨時的第一陣飛雪。他知道那是從南方飛來的蝗蟲。接下來，他們開始向上攀升，似乎是朝東方飛去，再後來，天色一片晦暗，他們遇上了暴風雨，大雨如注，他們彷彿是在穿過一道瀑布，穿出雨幕之後，康普頓轉過頭來，咧嘴一笑，用手指向前方，他眼前的景象廣闊無垠，如同整個世界，在陽光下顯得那麼宏大，那麼偉岸，而且白得令人難以置信，那就是乞力馬扎羅的方形山巔。這下他明白了，那正是他要去的地方。

恰恰在這個時候，鬣狗在夜裏停止了嗚咽，開始發出一種奇怪的聲音，幾乎像是人的哭泣。女人聽着這聲音，心神不安地輾轉反側。她並沒有醒來。她夢見自己在長島的家裏，那是她女兒第一次參加社交活動的前一天晚上。她的父親似乎也在場，而且一直表現得很粗魯。隨後，鬣狗的聲音大了起來，她被吵醒了，一時間不知道自己身在何處，心裏很害怕。她拿過手電筒，照着另一張帆布床，哈利睡着以後，他們把床抬了進來。她能看見，他的身體在蚊帳裏，可他卻把那條腿伸了出來，在床沿上耷拉着，敷藥的紗布全都掉落下來，讓她不忍卒睹。

「莫洛，」她喊道，「莫洛！莫洛！」

接着她又叫道：「哈利，哈利！」然後，她又提高了嗓音，「哈利！求求你，噢，哈利！」

沒有回答，也聽不見他的呼吸。

帳篷外面，鬣狗還在發出那種奇怪的叫聲，就是那種叫聲把她驚醒的。可她此時根本聽不見，因為她的心在怦怦直跳。

註釋：

[1] 肯尼亞和坦桑尼亞的一個遊牧狩獵民族。

[2] 吉庫尤人，非洲班圖人的一支。

[3] 卡拉加奇，土耳其西北部、位於歐洲部份的一個城市。

[4] 一九一九年，辛普倫隧道（Simplon Tunnel）貫通，允許列車使用南行路線經過米蘭、威尼斯以至的里雅斯特，稱為辛普倫—東方快車（Simplon Orient Express），並在此後成為重要路線。

[5] 色雷斯，愛琴海北岸的一個地區，分屬希臘、土耳其和保加利亞。

[6] 一九二三年七月，希臘與土耳其簽署洛桑條約。條約中除了解決兩國間有關領土爭議外，更重要的是強迫性的人口交換。上萬安那托利亞的希臘人遷居希臘馬其頓，取代從這裏遷出的土耳其人和其他穆斯林。而保加利亞地處希臘和土耳其之間。

[7] 施倫斯，列支敦士登的一個城市。

[8] 本段中提到的地點均位於意大利。

[9] 福拉爾貝格是奧地利西部的一個州，阿爾貝格是奧地利西部蒂羅爾州的一個鄉村，著名的滑雪勝地。

[10] 博斯普魯斯海峽又稱伊斯坦布爾海峽。它北連黑海，南通馬爾馬拉海和地中海，把土耳其分隔成亞洲和歐洲兩部份。

[11] 彼拉宮殿，位於伊斯坦布爾的一家酒店。

[12] 安納托利亞，土耳其的亞洲部份。

[13] 特里斯坦．采拉（Tristan Tzara, 1896-1963）出生於羅馬尼亞，法國前衛詩人、散文家和表演藝術

家，達達運動的創始人和核心人物之一。

[14] 達達主義藝術運動是一九一六年至一九二三年間出現於法國、德國和瑞士的一種無政府主義的藝術運動，試圖通過廢除傳統的文化和美學形式發現真正的現實。達達主義由一群年輕的藝術家和反戰人士領導，他們通過反美學的作品和抗議活動表達了他們對資產階級價值觀和第一次世界大戰的絕望。

[15] 德國最大的森林山脈，位於德國西南部的巴登—符騰堡州。

[16] 巴黎最古老的集市。

[17] 詩人保爾·魏爾倫（Paul Verlaine, 1844-1896）是法國象徵派詩歌的一位「詩人之王」。

[18] 科爾·波特（1891-1964），美國作曲家。

[19] 也稱巴加門（backgammon），一種雙方各有十五枚棋子，擲骰子決定行棋格數的遊戲。

[20] 這裏所説的朱利安，指的是美國小説家 F.S. 菲茨杰拉德。語見菲茨杰拉德的小説《富有的男孩》（*The Rich Boy*）。

[21] 西方的死神形如骷髏，披着黑斗篷，手持鐮刀。

[22] 坦桑尼亞的一個城市。

雨中的貓

旅館裏只住有兩個美國人。他們打房間裏進進出出，在樓梯上碰見的人，一個也不認識。他們的房間在二樓，面朝大海，也正對着公園和戰爭紀念碑。公園裏有高大的棕櫚樹和綠色長椅。天氣好的時候，常常可以看見一個帶着畫架的藝術家。藝術家們都對棕櫚樹的長勢，還有旅館面朝公園和大海那面的鮮豔色彩情有獨鍾。意大利人還大老遠跑來瞻仰戰爭紀念碑。紀念碑是青銅鑄成的，在雨裏閃閃發亮。雨在下着。雨水從棕櫚樹上滴落下來。石子路上積了一汪汪的水。在雨中，海水呈一條長長的線，猛沖上來，又順着海灘退回去，一會兒又在雨中滾滾而來，形成一條長長的線。停在紀念碑旁邊那個廣場上的汽車都開走了。廣場對面的咖啡店門口站着一個侍者，正對着空蕩蕩的廣場張望。

那位美國太太站在窗口往外看。就在他們的窗子底下，一隻貓蜷縮在一張滴水的綠色桌子下面。貓極力縮起身子，好不讓雨淋着。

「我要下去把那隻貓捉來。」美國太太說。

「我來吧。」丈夫在床上自告奮勇說。

「不，還是我去吧。外面那隻可憐的小貓想躲在桌子下面避雨呢。」

丈夫於是繼續看書，身子靠在床腳的兩個枕頭上。

「別淋濕了。」他說。

太太下了樓，她經過辦公室的時候，旅館老闆站起來向她鞠了個躬。他的寫字台在辦公室的最裏邊。他是個老頭兒，個子很高。

「下雨啦[1]，」太太說。她對這個旅館老闆頗有好感。

「是啊，是啊，太太，真是壞天氣[2]。天氣真糟糕。」

他站在昏暗的房間那頭的寫字台後面。這位太太很喜歡他。她喜歡他聽到任何抱怨的時候所表現出的那種鄭重其事的態度。她喜歡他那種尊貴的氣度。她喜歡他樂意為她效勞的姿態。她喜歡他作為旅館老闆的自我感覺。她也喜歡他那上了年紀、沉沉下垂的臉和一雙大手。

她心裏懷着對旅館老闆的好感，打開門，向外張望。雨下得更大了。有個穿着橡膠雨披的男人正穿過空蕩蕩的廣場朝咖啡館走去。那隻貓大概在右邊。也許她可以順着屋檐底下走過去。她正站在門口時，身後張開了一把傘。那是給他們收拾房間的女侍。

「您可不能淋濕了，」她面帶微笑，用意大利語說。當然，這是旅館老闆吩咐她來的。

女侍撐着傘為她遮雨，她沿着石子路一直走到他們房間的窗子下面。那張桌子就在那兒，被雨水沖刷成鮮亮的綠色，可貓卻不見了。她一下子感到大失所望。女侍抬頭看着她。

「您丟了甚麼東西嗎，太太？[3]」

「剛才這兒有隻貓。」年輕的美國太太說。

「貓？」

「是的，有隻貓。[4]」

「貓？」女侍噗哧一笑，「雨裏有隻貓？」

「是呀，」她說，「在桌子底下。」她接着又說：「噢，我真想要那隻貓。我想要隻小貓。」

她一說英語，女侍的臉頓時繃緊了。

「走吧，太太，」她說，「我們得回到裏面去了。你會淋濕的。」

「我看也是。」年輕的美國太太說。

她們沿着石子路往回走，進了門。女侍留在外面把傘收攏起來。美國太太經過辦公室的時候，老闆在寫字台後面朝她欠欠身子。太太心裏感到有些悶悶不樂。這個老闆讓她感覺自己非常渺小，同時又很重要。她一時覺得自己是個極其重要的角色。她上了樓梯，打開房門，喬治正在床上看書。

「捉到那隻貓了嗎？」他放下書，問道。

「牠跑了。」

「天知道跑到哪兒去了。」他把眼睛從書本上移開，說道。

她在床上坐了下來。

「我太想要那隻貓了，」她說。「我也不知道為甚麼這麼想要牠。我真想要那隻可憐的小貓。做一隻可憐的小貓待在雨裏，可不是甚麼好玩的事兒。」

喬治又看起書來。

她走過去，坐在梳妝檯的鏡子前，拿起手鏡來照照自己。她仔細端詳着自己的側影，先看看這邊，又看看那邊。接着又仔細打量自己的頭頸後面。

「要是我把頭髮留長，你覺得好嗎？」她問道，又瞧了瞧自己的側影。

喬治抬眼看了看她的後脖子，頭髮剪得短短的，像個男孩。

「我喜歡你這樣子。」

「我已經厭煩了，」她說，「看上去像個男孩子，我厭煩極了。」

喬治在床上換了個姿勢。從她開始說話起，他的眼睛一直沒有離開過她。

「你看起來漂亮極了。」他說。

她把鏡子放在梳妝檯上，走到窗邊，向外張望。天漸漸黑了。

「我想把頭髮往後梳得又緊又光滑，在後面挽個大髻，可以讓自己感覺得到。」她說，「我想有隻小貓，坐在我腿上，我摸摸牠，牠就喵喵叫。」

「是嗎？」喬治在床上說。

「我還想用自己的銀器坐在桌邊吃飯，我還想點上蠟燭。我希望現在是春天，我想對着鏡子梳頭。我想有隻小貓，還想有幾件新衣服。」

「哦，別說了，找點兒東西看吧。」喬治說着，又開始看書了。

他的妻子朝窗外張望着。此時天已經很黑了，雨還在敲打着棕櫚樹。

「不管怎麼說，我都想要隻貓。」她說，「我想要隻貓。現在就想要。要是我不能留長髮，不能有甚麼開心的事兒，總可以有隻貓吧。」

喬治根本沒聽她說話。他在讀自己那本書。妻子朝窗外望去，廣場上已經亮燈了。

有人敲門。

「請進[5]。」喬治說着，從書上抬起眼睛。

門口站着的是那個女侍，她緊緊抱着一隻大玳瑁貓，那貓順着她的身子縱身一躍而下。

「打攪了，」她說，「老闆讓我把這隻貓給太太送來。」

註釋：

[1] 原文為意大利語。

[2] 原文為意大利語。

[3] 原文為意大利語。

[4] 原文為意大利語。

[5] 原文為意大利語。

白象似的群山

埃布羅河[1]河谷的那一邊，白色的群山綿延起伏。這一邊沒有任何蔭蔽，沒有一棵樹，車站就在兩條鐵路中間，頂着日頭。緊挨着車站一側有座房子，投下一片熱烘烘的陰影，一道用竹節串成的門簾，掛在酒吧敞開的門口擋蒼蠅。房子外面的陰涼裏，那個美國人和那個跟他一道來的姑娘坐在一張桌子旁邊。天熱極了，從巴塞羅那來的快車還有五十分鐘才能到站。列車在這個中轉站停靠兩分鐘，然後繼續開往馬德里。

「我們喝點兒甚麼？」姑娘問。她已經摘下了帽子，放在桌上。

「天真熱啊。」男人說。

「我們喝啤酒吧。」

「來兩杯啤酒。[2]」男人朝門簾裏面喊道。

「大杯？」一個女人在門口問。

「對。要兩大杯。」

那女人拿來了兩杯啤酒和兩個氈墊。她把杯墊和啤酒杯放在桌子上，看看那男人，又看看那姑娘。姑娘正在眺望群山的輪廓。山巒在陽光下呈白色，鄉野則是灰褐色的一片乾涸景象。

「它們看上去像是一群白象。」她說。

「我從來沒見過。」男人喝着啤酒說。

「是啊，你是不可能見過的。」

「我興許見到過呢，」男人說，「單憑你說我不可能見過，並不說明甚麼問題。」

姑娘看了看珠簾。「那上面畫了甚麼東西，」她說，「上面寫的是甚麼？」

「茴香酒[3]。是一種飲料。」

「咱們能嘗嘗嗎？」

男人透過簾了喊了一聲「喂」。那女人從酒吧裏走了出來。

「總共四雷阿爾[4]。」

「給我們來兩杯茴香酒。」

「摻水嗎？」

「你想要摻水的嗎？」

「我不知道，」姑娘說，「摻了水好喝嗎？」

「還不錯。」

「你們要摻水嗎？」女人問。

「好吧，要摻水的。」

「這酒甜絲絲的，有股甘草味兒。」姑娘說着，放下了酒杯。

「一切都是如此。」

「沒錯兒，」姑娘說，「一切都甜絲絲的，有股甘草味兒。特別是你等待了好久的所有東西。」

「好了，別來這套了。」

「是你先提起來的，」姑娘說，「我剛才倒覺得挺有趣兒，挺開心的。」

「那好吧，咱們想辦法開開心。」

「行啊。我正試着讓自己開心呢。我說這些山看上去像是一群白象。這個比喻難道不是很妙嗎？」

「是很妙。」

「我還想嘗嘗這種沒喝過的飲料。我們做的事兒也就是這些，東看看，西看看，嘗試一下沒有喝過的飲料。」

「我看也是。」

姑娘放眼眺望對面的群山。

「這些山真美啊，」她說，「其實看上去並不像是一群白象。我剛才只是想說，山的表面透過樹木呈現出白色。」

「咱們再來一杯？」

「好啊。」

熱風掀起珠簾，打在桌子上。

「這啤酒涼絲絲的，真不錯。」男人說。

「味道好極了。」姑娘應道。

「那種手術真的非常簡便，吉格，」男人說，「甚至連手術都算不上。」

姑娘只是看着桌腿下的地面。

「我知道你不會在乎的，吉格。真的沒甚麼大不了。只要注入空氣就行了。」

姑娘一聲不響。

「我會陪你去的，我會一直待在你身邊。他們只要注入空氣，然後就萬事大吉了。」

「那以後我們怎麼辦？」

「以後我們就沒事兒了。就像從前一樣。」

「你怎麼會這樣想呢？」
「眼下讓咱們煩心的事兒就這一件。只有這一件事兒讓我們不開心。」
姑娘看着珠簾，伸出手去抓起兩串珠子。
「你覺得這樣一來我們一切都能好好的，兩個人開開心心過下去。」
「我知道我們會幸福的。你沒必要擔心。據我所知，很多人都做過。」
「這個我也知道，」姑娘說，「而且後來他們都過得很幸福。」
「好了，」男人說，「要是你不想做，就別勉強。要是你當初不想做，我也不會勉強你的。不過，我知道這種手術簡單得很。」
「你真的希望我去做？」
「我覺得這是最妥善的辦法。不過，如果你不是真心願意，我也不想讓你勉強。」
「要是我做了，你就會高興起來，事情又會回到從前那樣，你會愛我，是嗎？」
「我現在就愛着你啊。你知道我是愛你的。」
「我知道。不過，要是我去做了，我再說甚麼東西看上去像是一群白象這類的話，你就會喜歡聽了？」

「我會非常喜歡聽你說這些話。我現在就喜歡聽啊，只不過我的心思不在那上面。你知道我心煩意亂的時候是甚麼樣子。」

「要是我做了，你就不會再心煩意亂了？」

「那樣我就不會為這事兒煩心了，其實這手術簡單極了。」

「那我就去做吧。因為我對自己並不在意。」

「你這話是甚麼意思？」

「我對自己毫不在乎。」

「噯，我可是在乎你的。」

「哦，沒錯兒。可我對自己毫不在乎。我會去做手術，然後一切都會好起來。」

「如果你是這麼想的，我可不願意讓你去做手術。」

姑娘站起身來，走到車站盡頭。對面，在鐵路那邊，是埃布羅河兩岸的農田和樹木。遠處，在河對岸，是連綿的群山。一片雲影掠過農田，透過樹叢，她看到了大河。

「我們本來可以盡情欣賞這一切，」她說，「我們本來可以享受生活中的一切，可我們卻讓這一天變得越來越不可能。」

「你說甚麼?」

「我說我們本來可以享受生活中的一切。」

「我們現在可以享受生活中的一切啊。」

「不,我們做不到。」

「我們可以擁有整個世界。」

「不,我們做不到。」

「我們可以到任何地方去。」

「不,我們做不到。世界已經不再屬我們了。」

「是屬我們的。」

「不,不是這樣。他們一旦把它拿走,你就永遠失去它了。」

「可他們還沒把它拿走啊。」

「我們等着瞧吧。」

「好了,回到蔭涼裏來吧,」他說,「你千萬別這麼想。」

「我沒有甚麼想法,」她說,「我就是知道事情是怎麼回事兒。」

「我不希望你做任何自己不想做的事兒……」

「或者是對我沒好處的事兒，」她說，「這個我知道。我們再來杯啤酒好嗎？」

「好吧。不過，你得明白……」

「我心裏明白，」姑娘說，「我們別再說了好不好？」

他們坐在桌子旁邊，姑娘望着對面山谷乾涸的那一側的連綿群山，男人的眼睛瞧着她，還有桌子。

「你得明白，」他說，「要是你不想做，我是不願意讓你勉強的。如果這對你來說很重要的話，我心甘情願負責到底。」

「難道這對你來說不重要嗎？咱們總可以對付着過下去吧。」

「當然重要。不過，除了你我不想要任何人。不管甚麼人都不想要。再說，我知道手術非常簡便。」

「是啊，你知道手術非常簡便。」

「隨你怎麼說吧，可我知道確實是這樣。」

「你現在能為我做點兒甚麼嗎？」

「為你做甚麼我都願意。」

「那就請你，拜託你，懇求你，求你，求你，求求你，求求你，別再說了，好嗎？」

他沒吭聲，只是望着車站那邊靠牆堆放的旅行包，上面貼着他們曾經在那兒過夜的每一家旅館的標籤。

「可我並不想讓你去做，」他說，「這對我來說無所謂。」

「我可要尖叫起來啦。」

那女人端着兩杯啤酒穿過簾子來到屋外，把酒杯放在濕漉漉的氈墊上。

「還有五分鐘火車就到站了。」她說。

「她說甚麼？」姑娘問。

「火車還有五分鐘就到站了。」

姑娘衝着那女人粲然一笑，表示感謝。

「我還是先把行李拿到車站那邊去吧。」男人說。姑娘對他微笑了一下。

「好吧，然後回來，我們把啤酒喝了。」

他拎起兩個沉甸甸的旅行包，繞過車站，把它們送到另一邊的鐵軌那裏。他順着鐵軌望過去，還看不見火車。他又走回來，穿過酒吧，候車的人都正在那兒喝酒。他在吧台上喝了一杯茴香酒，一邊打量着周圍的人。人們都在心平氣和地等着火車進站。他穿過珠簾來到外面。她正坐在桌邊，朝他微微一笑。
「你感覺好點兒了嗎？」他問。
「我感覺好極了，」她說，「我甚麼事兒也沒有，感覺好極了。」

註釋：

[1] 埃布羅河，流經西班牙東北部，注入地中海。
[2] 原文為西班牙語。
[3] 原文為西班牙語。
[4] 雷阿爾，舊時西班牙及其南美屬地的貨幣單位。

一天的等待

我們還沒起床，他就走進屋來關上窗戶，我看着他像是病了。他渾身發抖，臉色煞白，走路慢吞吞的，彷彿只要動一動身上就疼。

「怎麼啦，沙茨？」

「我頭疼。」

「你還是回到床上去吧。」

「不，沒事兒。」

「到床上去吧，我穿好衣服就去看你。」

可是，等我下了樓，他已經穿好衣服，坐在火爐邊，看起來這個九歲的男孩病得不輕，一副可憐巴巴的樣子。我把手擱在他的腦門上，感覺出他在發燒。

「你上樓去休息吧，」我說，「你病了。」

「我沒事兒。」他說。

醫生來給他量了體溫。

「多少度？」我問。

「一百零二度。」

樓下，醫生給留下了三種藥，是三種不同顏色的膠囊，附有服用方法。一種是退熱的，一種是通便的，還有一種是控制體內酸性的。他解釋說，流感病菌只能在酸性環境下存活。他似乎對流感無所不知，還說只要發燒不超過一百零四度就沒甚麼可擔心的。這只是輕度流感，只要能避免感染肺炎，就沒有危險。

回到房間，我把孩子的體溫記下來，還寫下了服用各種膠囊的時間。

「想讓我唸書給你聽嗎？」

「好吧，你要唸就唸吧。」孩子說。他臉色蒼白，眼睛下面有兩個黑黑的眼圈。他一動不動地躺在床上，似乎對正在發生的事情漠不關心。

我大聲讀起霍華德．派爾[1]的《海盜傳説》；不過，我看得出來，他根本沒有留心聽我在讀甚麼。

「你感覺怎麼樣，沙茨？」我問他。

「還是老樣子，到現在為止。」

我坐在床腳，讀給自己聽，等着給他吃另外一種藥。正常情況下，在這種時候他會睡着，可我抬眼一看，他的眼睛正盯着床腳，神情非常古怪。

「你幹嗎不試着睡一會兒？該吃藥的時候我會叫醒你的。」

「我倒是願意醒着。」

過了一會兒，他對我說：「你不用在這兒陪着我，爸爸，要是這讓你煩心的話。」

「這並沒讓我煩心啊。」

「我不是這個意思，我是說，要是這會讓你煩心的話，你不用在這兒陪着我。」

我感覺他大概有點兒神志不清，等到十一點鐘，我給他吃了醫生開的膠囊，就到外面去了一陣子。

陽光很好，但天氣寒冷，一場雨夾雪在地面上凍結起來，因此，光禿禿的樹木、灌木叢、砍下的柴枝，還有所有的草地和空地，全都像是銀裝素裹一般。我帶上那條愛爾蘭長毛小獵狗，順着道路，沿着一條結冰的小溪向前走去，不過，在光滑的路面上站也好，走也好，都不那麼容易，那條紅毛狗一步一滑，我也重重地摔了兩跤，有一次槍都掉了下來，在冰面上出溜了好遠。

高高的土堤下面，有一窩鵪鶉躲在低垂的灌木叢中，被我們驚飛了，牠們正要飛過土堤上方，我趁牠們還沒有從視線裏消失，打死了兩隻。有些鵪鶉棲息在樹上，但大多數都散落在灌木叢中，你得在覆蓋着冰層的、小丘一般的灌木叢上蹦躂幾下，才能驚起一群。當你還在結了冰的、顛來顛去的灌木叢上東倒西歪，試圖保持平衡的時候，開槍打鵪鶉可真不容易，我打中了兩隻，有五隻沒打着，轉回到房子附近，發現那裏也有一群，不免興致勃勃，高興的是，改天還能找到這麼多鵪鶉。

進了屋，家裏人說孩子不讓任何人到他的房間裏去。

「你們不能進來，」他說，「千萬不能傳染上我的病。」

我上樓去看他，發現他分毫不差保持着我離開時候的姿勢，臉色蒼白，不過因為發燒，靠近顴骨的地方臉頰緋紅，他跟先前一樣，眼睛怔怔地盯着床腳。

我給他量了量體溫。

「多少度？」

「大概一百度吧。」我說，其實是一百零二度四分。

「是一百零二度。」他說。

「誰說的？」

「醫生說的。」

「你的體溫沒甚麼大不了，」我說，「用不着擔心。」

「我不擔心，」他說，「可我就是禁不住去想。」

「別想了，」我說，「放鬆點兒。」

「我是在放鬆啊，」他說話的時候眼睛直直地朝前看。顯然他有甚麼心事，一直在緊繃着自己。

「就着水把藥吞下去。」

「你覺得吃藥會有甚麼用嗎？」

「當然有啦。」

我坐下來，打開那本《海盜傳說》，開始讀給他聽，可我看得出來他心不在焉，就停了下來。

「你覺得我甚麼時候會死？」他問。

「甚麼？」

「大概再過多久我就會死啊？」

「你不會死的。你怎麼啦？」

「哦，真的，我就要死了。我聽見他說有一百零二度。」

「發燒到一百零二度是不會死人的。這麼說真是太傻了。」

「我知道會死的。在法國的學校裏，同學告訴我說，到了四十四度人就活不成了。可我都已經有一百零二度了。」

原來從早晨九點鐘開始，他就一直在等死，等了整整一天。

「可憐的沙茨，」我說，「可憐的寶貝兒沙茨。這好比是英里和公里。你是不會死的。你說的是另一種體溫表。按那種體溫表三十七度是正常。用這種體溫表九十八度才是正常啊。」

「你敢肯定？」

「絕對錯不了，」我說，「這類似於英里和公里。告訴你，這就跟我們開車走七十英里相當於多少公里一個樣。」

「哦。」他只說了這麼一聲。

不過，他緊盯着床腳的目光開始慢慢放鬆。他也終於不再緊繃着自己了，最後，到了第二天，他變得非常懶散，動不動就為一點兒無關緊要的小事哭上一場。

註釋：

[1] 霍華德·派爾（Howard Pyle, 1853-1911），美國著名插畫家、作家，作品大多取材於中世紀的神話故事或殖民地時期的歷史。

天地外國經典文庫

①到燈塔去 [英]弗吉尼亞·伍爾夫 著 瞿世鏡 譯

②鼠疫 [法]阿爾貝·加繆 著 劉方 譯

③動物農場 [英]喬治·奧威爾 著 榮如德 譯

④人間失格（附《女生徒》） [日]太宰治 著 竺家榮 譯

⑤美麗新世界 [英]奧爾德斯·赫胥黎 著 陳超 譯

⑥都柏林人 [愛爾蘭]詹姆斯·喬伊斯 著 王逢振 譯

⑦局外人 [法]阿爾貝·加繆 著 柳鳴九 譯

⑧月亮和六便士 [英]威廉·薩默塞特·毛姆 著 傅惟慈 譯

⑨柏拉圖對話集 [古希臘]柏拉圖 著 戴子欽 譯

⑩愛的教育 [意]埃德蒙多·德·亞米契斯 著 夏丏尊 譯

⑪一九八四 [英]喬治·奧威爾 著 董樂山 譯

⑫老人與海 [美]歐內斯特·海明威 著 李育超 譯

⑬ 泰戈爾散文詩選集
[印度]羅賓德拉納特·泰戈爾 著　吳岩 譯

⑭ 荷風細語
[日]永井荷風 著　陳德文 譯

⑮ 流動的盛宴
[美]歐內斯特·海明威 著　湯永寬 譯

⑯ 最後一片葉子
[美]歐·亨利 著　黃源深 譯

⑰ 面紗
[英]威廉·薩默塞特·毛姆 著　張和龍 譯

⑱ 漂泊的異鄉人
[英]D·H·勞倫斯 著　劉志剛 譯

⑲ 莎士比亞十四行詩集
[英]威廉·莎士比亞 著　馬海甸 譯

⑳ 變形記
[奧]弗蘭茨·卡夫卡 著　謝瑩瑩等 譯

㉑ 羅生門
[日]芥川龍之介 著　林少華 譯

㉒ 烏合之眾
[法]古斯塔夫·勒龐 著　陸泉枝 譯

㉓ 一生
[法]莫泊桑 著　盛澄華 譯

www.cosmosbooks.com.hk

書　　名　老人與海（The Old Man and the Sea）
作　　者　歐內斯特 · 海明威（Ernest Hemingway）
譯　　者　李育超
編輯委員會　馬文通　梅　子　曾協泰
孫立川　陳儉雯　林苑鶯
責任編輯　郭坤輝
美術編輯　郭志民
出　　版　天地圖書有限公司
香港黃竹坑道46號
新興工業大廈11樓（總寫字樓）
電話：2528 3671　傳真：2865 2609
香港灣仔莊士敦道30號地庫（門市部）
電話：2865 0708　傳真：2861 1541
印　　刷　美雅印刷製本有限公司
香港九龍官塘榮業街 6 號海濱工業大廈4字樓A室
電話：2342 0109　傳真：2790 3614
發　　行　聯合新零售（香港）有限公司
香港新界荃灣德士古道220-248號荃灣工業中心16樓
電話：2150 2100　傳真：2407 3062
出版日期　2019年3月 初版 / 2022年9月 第二版

ISBN ： 978-988-8547-54-8

本書譯文由人民文學出版社授權繁體字版出版發行